這頭動物，是一閃而隱的幻夢，
是消逝之人的圖騰。
我被死亡奪走的母親，村蔭道上的女孩，
牠每次顯現，都將她們帶回我身邊。

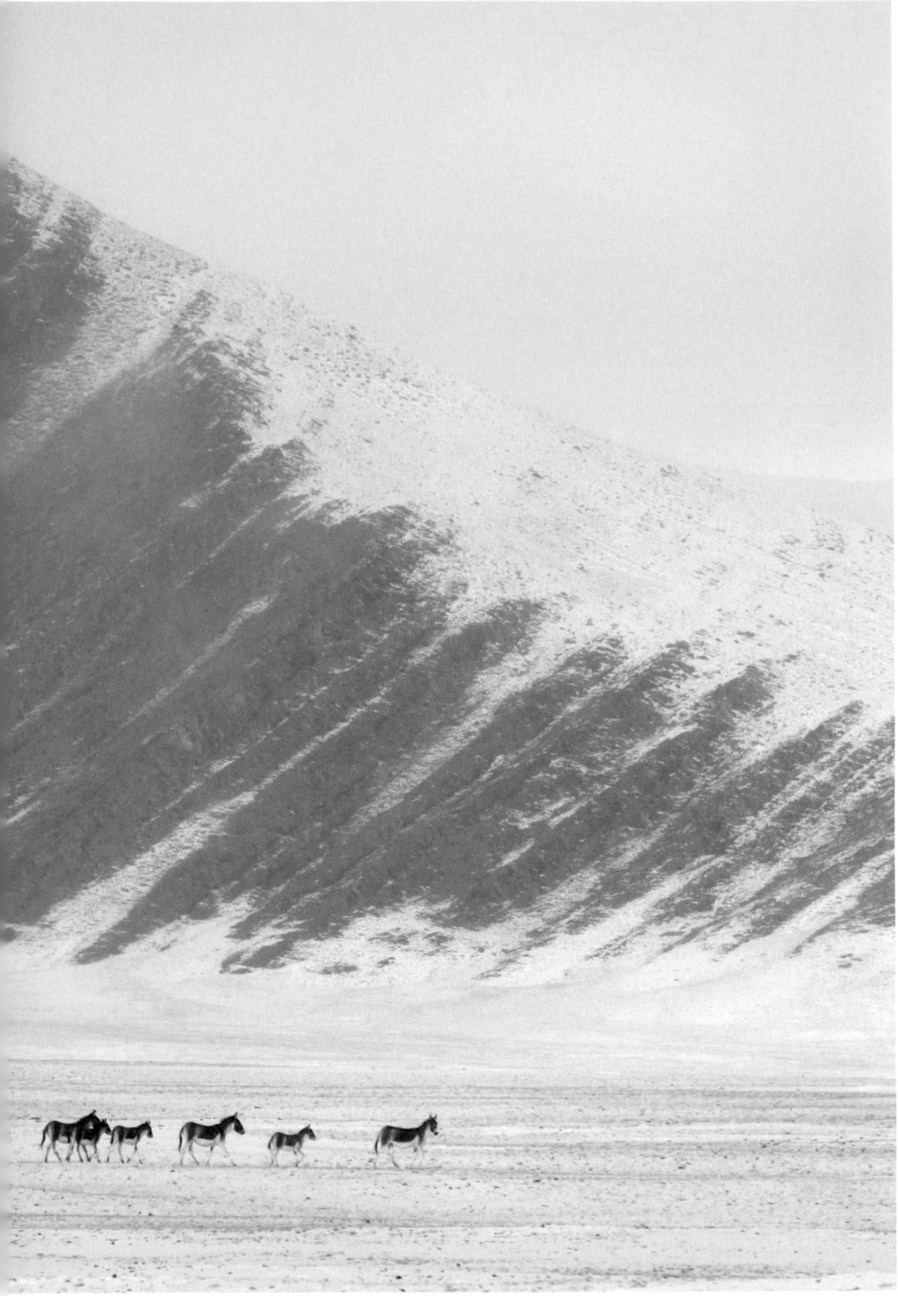

我們在海拔四千六百公尺處蹲點靜候。
在這生命與死亡的高聳廣場上，
太陽升起，動物迭相追逐，
為了彼此相愛，或為了彼此吞食。

牠是翩然蒞訪地球的山神。
人類暴狂以逞，逼得牠這位古老的住客，
退居世界的邊陲。

我和木尼葉。
木尼葉頭戴護耳毛帽，臉頰因奔波而消瘦，
神情就像一名白俄羅斯的鋼鐵冶鍊人員。

在雪豹峽谷中等待

這世界需要蹲點靜候，我去青藏高原拍雪豹

LA PANTHÈRE DES NEIGES

by

Sylvain Tesson

席爾凡・戴松——著

林佑軒——譯

獻給小獅子的母親

「雌性動物都比雄性動物怯弱，除了熊與豹。母熊與母豹似乎比公的還要勇敢。」

——亞里斯多德，《動物志・卷四》

致臺灣讀者

親愛的讀者朋友：

真是的，我還沒去過臺灣呢。

非常諷刺。我熟悉喜馬拉雅山的某些村莊，簡直就像我生在那邊，我曾經宿留西伯利亞的森林，也曾屢屢徒步、騎鐵馬橫越圖博＊，可是我從來沒有在你們的島嶼冒險犯難過。

我的雪豹抵達了你們的所在，我至感幸福。她就是我的使者、我的斥候！

說到底，翻譯的魔幻亦在此中：一名作者對著與他的母國天南地北的、他素昧平生的讀者說話。他曉得，會有一點點他自己、一點點他的思想、一點點他的回憶、一點點他的觀察、一點點他的感受，在離他自己的根那最遠最遠的地方流傳。

在與他的語言不同的另一種語言之中，在與他的風候不同的另一種風候之中，一點點的他自己將為讀者拾掇。

旅程就這樣繼續下去！

透過如此的隻言片語，我對你們傳達我至忱的友誼。

也願閱讀持續領我們步上一條條康莊大道！

＊編注：Tibet，古名吐蕃，後稱西藏，也有當地人稱Bod（音：博）的說法。圖博這名稱於二十世紀末經西藏流亡政府議會通過，為Tibet的標準中文表達，故本書均統一稱之。

Chers amis lecteurs,

hélas, mes pas ne m'ont jamais porté à Taïwan.

Quelle ironie, je connais certains villages de l'Himalaya comme ma ville d'enfance, j'ai séjourné dans la forêt sibérienne, traversé bien des fois le Tibet à pied et à bicyclette mais ne me suis jamais aventuré en votre île.

Je suis heureux que ma panthère des neiges arrive chez vous. Elle est comme mon ambassadrice, mon éclaireuse !

Après tout, c'est aussi cela la magie des traductions: un auteur s'adresse à des lecteurs qu'il ne connaît pas, aux antipodes de son pays natal. Il sait qu'il y aura la diffusion d'un peu de lui-même, de ses pensées, de ses souvenirs, de ses observations, de sa sensibilité, au plus loin de ses propres bases !

Un peu de lui même sera recueilli par des lecteurs, dans une autre langue que la sienne, sous un autre climat que le sien.

Ainsi le voyage se poursuit !

Je vous traduis par ce petit mot toutes mes marques d'amitié.

Et que la lecture continue à nous emmener sur les grands chemins !

往格爾木
青海省
蒙古
中國
北京
格爾木
玉樹
拉薩
成都
尼泊爾
印度
N
0
40
80Km
2018年2月
作者開車駕駛
的路線
湄公河源頭
5200m.
峽谷—湄公河支流
(詳見下一張地圖)
雜多
玉樹 3700m.
湄公河
成都

6900m.
崑崙山
道之湖
4800m.
犛牛谷的棚屋
4100m.
5200m.位於羌塘高原邊緣的山峰平臺
不凍泉
4000m.
羌塘高原
圖博
（西藏）
往拉薩

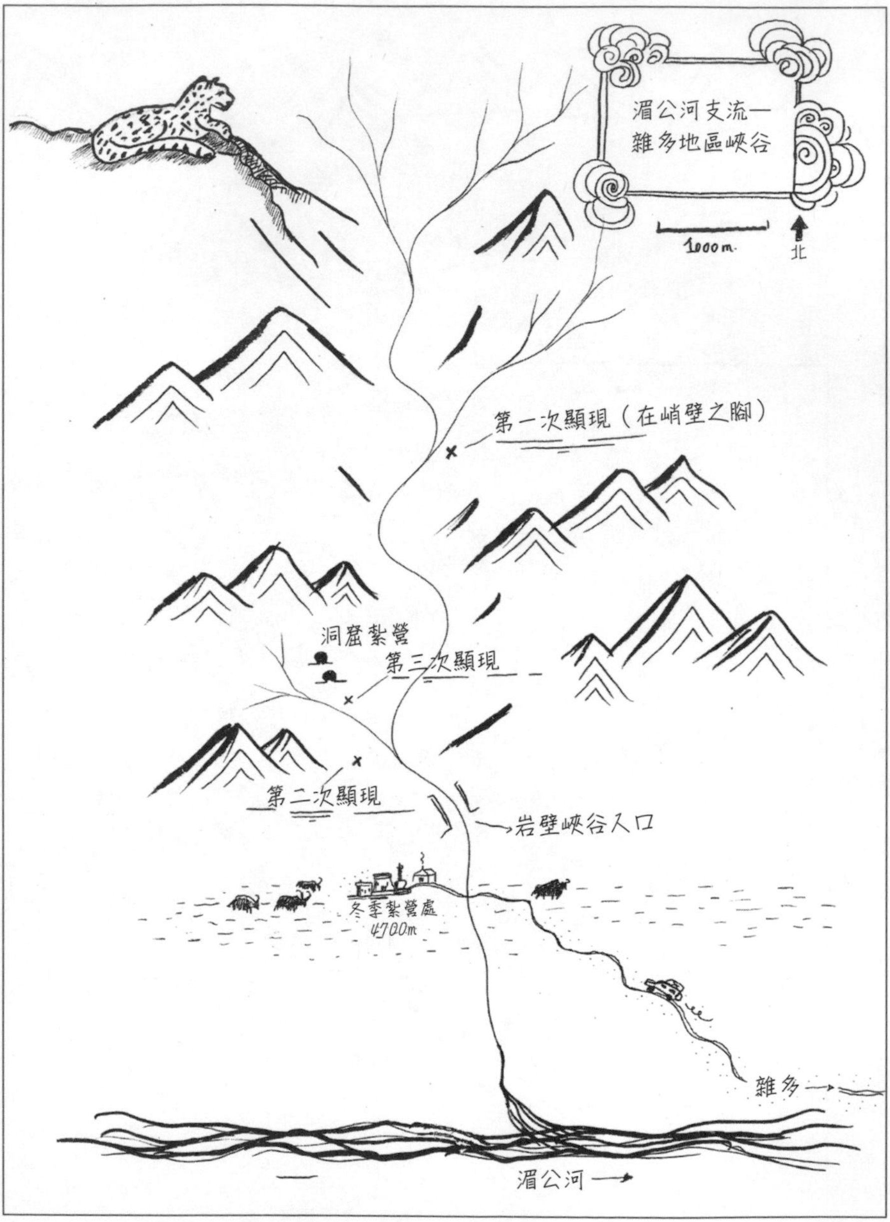

滬公河支流—
雜多地區峽谷
1000m
北
第一次顯現（在峭壁之腳）
洞窟紮營
第三次顯現
第二次顯現
岩壁峽谷入口
冬季紮營處
4700m
雜多
湄公河

目次 Contents

前言

某一年的復活節，我在他那部拍攝衣索比亞狼（loup d'Abyssinie）的影片放映會上邂逅了他。他跟我聊到了野生動物無可掌握的飄忽，聊到了那項無上美德——耐心。他跟我開講他野生動物攝影師的生活是怎麼樣的，還詳細說解了埋伏著等待動物現身的技巧。這可是一門危疑又精緻的藝術：將自己偽裝妥當，藏身大自然等待動物降臨；沒人能保證牠們必定赴約，我們很可能空手而歸。如此地去接納不確定性，這對我來說非常高貴，甚至因此是反現代的。

熱愛馳騁道路、踏遍征途的我，能不能接受像這樣動也不動、沉靜無聲地度過幾個小時？

我蜷伏在蕁麻叢中，謹遵他——木尼葉[1]的指示，不碎動、不出聲。我唯一可以犯的規，是呼吸。在城市裡，我習慣了時時刻刻都呱噪個不停。現下最難的，正是閉嘴。雪茄也不准抽。「等一下太陽下山又起霧了，我們再到河岸邊坡上抽！」木尼葉如是說。待會就能在莫澤河

（Moselle）畔哈一管哈瓦那雪茄（havane）了。這樣的願景讓臥倒窺伺的姿勢變得沒那麼難以忍受。

樹籬中有鳥啁啾上下，紛飛在夜晚的空氣中。生命噴勃爆發。群鳥並沒有打擾到地方的神靈。群鳥屬於這個世界，並沒有壞了世界的秩序。這就是美。

一百公尺外河水奔流，食肉的蜻蜓在河面飛翔。西岸，一隻燕隼（faucon hobereau）刻正襲擊劫掠。牠飛行起來莊嚴得宛若宗教儀式，精準，致命——一臺俯衝轟炸機。

這可不是放任自己分心的時候：兩頭成年的獸正出窩巢。

入夜以前的這段時光，有優雅、有諧趣，令人心折。這兩頭獾（blaireau）是否預示了動物將紛紛出場？四顆頭浮現，一堆陰影迸出了地道。日落時分的遊戲開始了。我們就守在牠們十公尺遠的地方，牠們卻根本沒發現。年輕的獾打著架，攀爬著土壟，翻滾在溝渠裡，咬一咬對方的後頸；一頭成年的獾為了糾正這些暮色中嬉笑打鬧的小獾，巴了一下小獾的頭。這一叢叢黑中帶有三道狹長象牙斑紋的美麗毛皮消失在草葉叢中，又閃現在遠處。這些獾正準備前往田野和河岸翻翻找找。入夜以前，牠們活躍了起來。

有時，其中一頭獾靠近我們的藏身處，伸出了牠細長的側臉，接著一個轉頭，正面就對著我們了。牠的眼睛位在暗色的紋路中，彷彿流淌著兩道憂鬱。這頭獾又再走近了些，我們能清楚看見那強而有力、向內收攏的蹠行[2]腳掌。在法蘭西的土地上，牠的趾爪留下了宛若小小熊的掌痕，卻被某類也自知心笨手拙的人指認為「害蟲」的足跡。

生命中第一次，我如此靜定地蹲點守候，盼望著能有一場邂逅。這樣的我，連自己都認不出來。昔往的人生裡，我四界奔馳，從雅庫特（Yakoutie）[3]到塞納—瓦茲省（Seine-et-Oise）[4]都有我闖蕩的行跡。我奉守三個原則：

意料之外的收穫絕不會直接奔向我。必須上下求索。

多活動，多移動，靈感才豐沛。

人若匆忙，就能甩掉無聊。

總之，當時的我，相信距離愈遠，事情就愈有價值。我把靜止不動看作死亡的彩排。因為敬重我那安息在塞納河畔墓室裡的母親，我走闖遊蕩，好像發了狂，週六上高山，週日下海灘，卻未曾關注身邊發生的事。

這幾千公里的旅途又是怎麼有一天將你帶到了一座溝渠邊邊，下巴扎在草堆裡？

在我身旁，凡森．木尼葉對獾拍著照。他隱蔽在偽裝服下的肌肉與植被渾融為一；在微弱的光線中，他的側臉仍然清晰浮現。他有一張稜角修長分明的臉，一張為了發號施令，削刻而成的臉，他的鼻子會是亞洲人的笑料，還有那雕像般的下巴，非常溫柔的眼睛。一個和善的巨人。

之前，他跟我分享了他的童年。他的父親領著他一起藏身歐洲雲杉（épicéa）的樹底，見證國王的晨起——松雞（grand tétras）在晨光中醒轉、活動起來。父親教導兒子，靜默無聲能帶給人什麼禮物。兒子發現了，在冰凍的壤土上度過的夜晚有什麼價值。父親闡述：動物現蹤顯形[5]，乃是生命在對生命的熱愛上所能給予的最美報酬。兒子開始了一次又一次的蹲點靜待，孤獨騎士似地揭露著世界運作的奧祕，學會了怎麼將夜鷹（engoulevent）的起飛收納在畫面之中。父親呢，則發現了兒子攝影藝術之美。

木尼葉生於佛日省（Vosges）[6]的一個夜裡，他如今在我身邊，年方四十，已成為同時代最偉大的野生動物攝影師。他拍攝的狼、熊與鶴都好得沒話說，還賣到了紐約。

「戴松啊，我要帶你到森林裡看看那些獾。」他之前對我如此邀約。我答應了——藝術家邀我們到他的工作室瞧瞧，沒人會拒絕的。木尼葉不知道，古法語裡，「戴松」（Tesson）的意思就是「獾」。法國西部以及皮卡第（Picardie）的俗語到現在還是會這麼說。「Tesson」這個字來自拉丁文「taxos」的變形，「taxos」又是「taxinomie」與「taxidermie」這兩個字的起源。「taxinomie」：生物分類學；「taxidermie」：標本剝製技術。人類就喜歡把才剛命名分好類的拿來剝皮。法國歷代的總參地形圖（carte d'état-major）[7]上看得到好幾個名為「tessonnière」的鄉下地方。如此的地名承載了人類屠殺獾的歷史記憶：獾在鄉村被人怨恨、遭人屠殺，阻止也阻止不了。人們責難獾亂掘土地、挖穿樹籬。人們用煙將獾熏出巢穴，人們殺害獾。獾就應該這樣被人趕盡殺絕嗎？牠沉默寡言，身屬夜晚與孤獨。牠過的是大隱隱於洞的生活，在陰影中顧盼稱雄，不能忍受有客來訪。牠深知，清靜和平的生活原就是一種抗敵自衛。入夜了，牠就離開巢穴，直到拂曉才歸家。人類怎麼能忍受世間有獾這樣的存在？獾，象徵謹慎低調的圖騰，將保持距離提升為美德，將自己活成了屬於靜寂的光榮。動物學的檔案描述獾是一種「單配偶制的定居動物」。詞源的因緣連結了我與獾，牠的天性卻又與我不同。

夜色降落，獾四散繁密的灌木林中。耳畔傳來了窸窸窣窣的聲音。木尼葉應該發現了我的喜悅。我在此撐持了這幾個小時，就為了成全生命中最美麗的一夜。我剛剛邂逅了一整群獨立莊嚴的生命。這些獾，牠們不為了逃離自己的處境而搏鬥掙扎。我們經過河岸，回到了路上。口袋裡，雪茄已經被我壓碎了。

「圖博那邊，有一種動物。我已經追蹤了牠六年。」木尼葉說。「牠生活在高原。要看見牠，得花上漫長的時光去接近。這個冬天我會回去。你也一起來。」

「牠是誰？」

「雪豹。」他說。

「我以為牠已經消失了。」我說。

「牠讓我們這樣覺得。」[8]

第一部

接近

動機

與阿爾卑斯山提洛（Tyrol）地區的滑雪女教練一樣，雪豹在銀白的雪國裡做愛。二月，雪豹開始發情。牠裹著毛皮，活在水晶般的世界中。公雪豹彼此爭戰，母雪豹獻身，公雪豹、母雪豹彼此呼喚。木尼葉先告知我：如果我們想有邂逅雪豹的福氣，就必得在凜冬上山，在海拔四、五千公尺的地方尋索牠。冬天的艱辛，我將試著以雪豹現身的歡愉來彌補。伯爾納德．蘇比魯（Bernadette Soubirous）在露德（Lourdes）的岩窟中也運用了這門技術。蘇比魯這位小牧羊女當時一定也寒澈骨髓，但光環中聖母顯現的景象想必值得了一切的勞苦[1]。

「雪豹」。這個詞宛如寶石，琅璫作響。誰都沒法保證我們一定遇得見牠。蹲點等待就是一場賭局：我們朝牠動身，很可能徒勞無功。有些人不會因為這樣的失敗而惱火，而在等待裡尋得樂趣。為了達到如此境界，必須擁有一顆長存希望的達觀胸襟。唉呀，我可不是這種人。我呢，我就是想看見牠，即使，出於考量，我沒有對木尼葉坦露我迫不及待的一顆心。

各地都在盜獵雪豹。又多了這個原因去見雪豹。我們要去探望病榻上，一條受傷的生命。

木尼葉給我看了他之前探訪雪豹的相片。雪豹，牠綰合了力量與優雅。反光耀亮了牠的皮毛。牠腳掌寬闊宛如碟子。牠不成比例的粗大尾巴幫助牠維持平衡。牠適應了難以居住的嚴酷地帶，適應了攀登峭壁。牠是翩然蒞訪地球的山神。人類暴狂以逞，逼得牠這位古老的住客，退居世界的邊陲。

我把一個人與雪豹做了連結。一個再也不會跟我一起去任何地方的女人。她是森林的女孩，泉水的王后，動物的朋友。我愛她，而終究失去了她。懷著一顆幼稚又百無一用的心，我把關於她的回憶與一種難以接近的動物連結起來。這症頭十分尋常：當你想念一個人，世界就會成為他的樣子。要是我真的遇見雪豹，之後，我會跟她說[2]，冬日的某一天，在那片白雪茫茫的高原，與我錯身而過的，是她。這些是我的奇幻思維（pensée magique）。我害怕給人荒謬可笑的感覺。目前，這些想法，我對我朋友守口如瓶。我一直想，一直想，一直想。

時當二月初。為了減輕行囊，我犯了錯——我把所有登山裝備都披上身。身披我這件極地夾克，足蹬我那雙中國軍隊「長征」式樣的靴子，我登上開往機場的巴黎城郊列車。列車載滿了俊俏的非裔唐吉訶德[3]，還有一個來自摩爾多瓦、瓦拉幾亞一帶的東歐人用手風琴屠殺布拉姆斯。結果大家注意的是我，因為我穿得莫名其妙。異國風情來了個乾坤大挪移。

我們起飛了。只消十個小時，就飛過馬可．孛羅（Marco Polo）花四年走完的路，這定義了進步（以及悲傷）。熱衷交際的木尼葉在天空上介紹我們彼此認識。我與兩位接下來要共度一個月的朋友打了招呼：馬希[4]，一個身段靈活的女孩，她是木尼葉的未婚妻，更是野生動物紀錄片導演，鍾情荒野生活以及快動作的運動。理奧[5]呢，有著遠視眼，頭髮亂七八糟，思路深不可測，幾乎不說話。馬希幫狼拍過一支影片，也幫瀕危動物——猞猁（lynx）拍過一部。她即將要開拍的，是她的兩尊摯愛：雪豹，以及木尼葉。理奧則在兩年前扔下他沒寫完的哲學博士論文，擔任起木尼葉的「副官」。到了圖博，木尼葉會需要幫手來布置蹲點的所在、調校他那些器材，順便幫忙打發一個個漫漫長夜。而我，脊椎脆弱、不能負重，連一點攝影技能都沒有，追蹤動物的經驗也是付之闕如。我不知道我的用處會是什麼。我的任務是：別拖累任何人，也別在雪豹現身的時候打噴嚏。圖博對我來說，是天上掉下來的禮物。我動身尋訪一種不可見的動物，同行的有一個最秀逸的藝術家，一名半人女狼，她擁有青金石般的眼睛，還有一名思慮深沉的哲學家。

「『四人幫』，就是我們啦。」飛機降落在中國的時候，我說。至少，我會提供他們一堆雙關語。

中心

我們降落在圖博極東之處，青海省的土地上。玉樹的村鎮那灰色調的房屋群落棲居於海拔三千六百公尺的高處。二〇一〇年，一場地震將它夷為平地。

不到十年，中國怪獸般的能量填平了瓦礫殘墟，幾乎全面重建了玉樹。筆直的路燈照亮了整齊劃一的水泥棋盤。車輛緩慢無聲，行駛在棋盤裡的道路上。這座軍營似的城市預示了世界級工地一般恆常變動的這國家的未來。

開車要三天才能越過圖博東部。我們的目的地，是崑崙山脈南部與羌塘高原[6]接壤的所在。木尼葉熟悉當地獵物繁多的乾草原。

「我們會先開上格爾木—拉薩幹線[7]」，他在飛機上跟我說，「然後會抵達鐵路沿線上的不凍泉村。」

「然後呢？」

「我們走崑崙山腳，往西深入，一路來到『犛牛谷』。」

「真的有『犛牛谷』這個名字？」

「是我取的。」

我在我的黑皮記事本裡記錄著。木尼葉要我答應他，我寫書的話，不要把真實的地名寫進去。這些地方都有它們的祕密。如果我們揭露了這些祕密，獵人就會來將它們劫掠一空。我們養成了習慣，用一些詩意的、專屬個人的地理辭彙來指示地點，這些辭彙虛構到足以混淆視聽，具象到仍然明晰精準：「狼之谷」、「道之湖」、「摩弗侖野綿羊（mouflon）[8]窟」。從此，圖博在我心中攤開了一張記憶的地圖；比起一般的地圖集，這張地圖少了些精準，卻更能撩動綺思夢幻，為動物留出一方避世的港灣。

我們穿越一級級群山削成的階梯，往西北行駛。海拔五千公尺，隘口一個接著一個流轉，牲畜將峰巒剝了皮。風在一塊塊平地上使勁吹舞，冬天疊瓦似地排列了寥寥幾叢潔白的雪點。積雪稍稍柔和了裸露的岩床。

群山的山頂上一定有野獸的眼睛正仔細觀察著我們。但坐在車子裡的我們，透過車窗只看見了反光。風狂猛吹颳，我連一隻狼都沒看到。

空氣聞起來像金屬。粗礪剛猛的空氣讓人做什麼都不適合。既不適合閒蕩，也不適合回頭。

中國政府實現了它古老的計畫——控制圖博。北京不再忙著緝捕僧侶。要控制一個地區，有個原則比強制手段更有效：人道發展以及領土整治。中央政府提供舒適的生活，反抗就漸漸熄滅。當起義爆發，當局驚叫的是：「搞什麼？又有人搞事？我們明明幫他們蓋了學校！」一百年前，列寧就實驗了類似的方法——全國電氣化。八〇年代開始，北京也採取了這個策略。後勤設施取代了革命的長篇大論，但目標仍然類似：由中國支配一切。

公路以嶄新的橋跨過一條又一條河流。行動通訊基地臺占據了一座又一座山頂。

中央政府大肆動工。一條鐵路甚至從北往南，如刀劈過古老的圖博。拉薩這座直到二十世紀中葉都還謝絕外人的城市，從此離北京只有四十小時的火車車程。中國國家主席習近平的肖像高懸在一張張看板上：「親愛的朋友」，標語的意思是，「我為你們帶來了進步。閉嘴吧你們！」一九〇二年，傑克．倫敦（Jack London）就一語道破了：「餵食一個人的哪管是誰，都是他的主子。」

我們經過了一座座殖民者的村鎮。這些村鎮中，水泥立方體裡居住了穿著卡其服的中國人以及穿著藍色工作服的圖博人；他們的工作服昭示了現代性其實只是貧瘠了的過去。

與此同時，眾神退隱，帶走了所有動物。在這一座座電鑽橫行霸道的山谷裡，我們又如何去遇見一隻猞猁？

繞圈

我們漸漸靠近了鐵路。我在青灰色的空氣中半睡半醒。圖博皮開肉綻。我們進入了由刨刀般的花崗岩以及板塊們構成的地貌之中。戶外，陽光讓人宛如置身療養院，偶爾將汽車節溫器的溫度拉高到超過攝氏零下二十度。我們對入住營房興致缺缺，所以絕不停靠中國人建立的拓墾前線上的村莊。我們偏好寺院。玉樹鄉郊的一間佛寺院子裡，我們見證大量的朝聖者匯聚在焚著香的壇前。石板[9]一片片堆疊著，上頭刻有佛教真言：「唵嘛呢叭咪吽」[10]。

圖博人一邊以手腕搖動小轉經輪，一邊繞行這些石堆。一名小女孩將她的念珠送給我；接下來的一個月，我都撥轉著這串念珠。一頭犛牛披著軍用大衣，嚼著紙板，牠是在場唯一靜止不動的生物。為了累積輪迴轉世的功德，患了關節炎、脖頸生了淋巴腺結核的懺悔者手掌裝了木板護具，匍匐前行。空氣有死亡與尿液的氣息。信眾繞轉著、繞轉著，等著今生過去。偶爾，一群高原騎手騎馬繞著圈圈，他們頗有科特・柯本（Kurt Cobain）[11]——法衣般的寬大毛衣、雷朋墨鏡、牛仔帽——的樣子：病態大旋轉木馬的騎士。與聲名烜赫的羅姆人[12]一樣，圖博人喜歡血，喜歡黃金，喜歡珠寶，喜歡武器。可是，眼前這些騎士沒有槍，沒有匕首。遠在兩千年代以前，北京就禁止圖博人攜帶武器。解除平民的武裝讓野生動物獲得了好處：對雪豹，人們開槍開得少了。然而，禁令帶來了悲慘的心理效應：火槍手沒有佩槍，等於國王失去了權杖與金裝。

「真暈哪，他們繞的這些圈。好像禿鷲（vautour）繞屍體飛。」我說。

「太陽與死亡，腐爛與生命，鮮血在雪中：世界就是轉經輪。」理奧說。

旅行時，務必隨身帶上哲學家。

犛牛

圖博巨大的身體平躺著，在漸漸稀薄的空氣裡病懨懨的。第三天，海拔已超過四千公尺，我們與鐵路交會而過。鐵路自北而來，與柏油路面的公路平行，在乾草原上劃出一道傷痕。十五年前，我曾朝著拉薩，身跨鐵馬，騎遍這條公路。當時，這條鐵路才剛剛動土。鐵路開工以後，圖博工人紛紛死於營養不良，犛牛則學會了望著火車轟隆駛過。我仍記得，在這片對腳踏車來說太過寬闊的天地中，我為了咬牙前進一公里、一公里、再一公里的路，付出了多大的苦痛。就算在高山牧場小睡一會，也絕對無法彌補我花費的力氣。

過了不凍泉的村落後，往北走一百公里，我們開始攀登木尼葉說要帶我們來的犛牛谷。小徑沿著一條凍住的河，朝日落的方向延伸而去。河的兩側鑲著沙質的坡岸，宛如明亮的綢緞。

往北看，崑崙山脈的山麓像個衣褶。晚上，一座座的峰頂染了淡淡的紅，不與天空混同。白天，它們的冰雪與天空失去了界線。往南看，人跡未至的羌塘高原，它的天際線顫動著。

海拔四千兩百公尺處，小徑從一間抹灰籬笆小屋前經過。靜謐，採光又好——買房子的絕佳條件。我們落腳這座小屋，它，是我們未來這些日子的住所。睡在狹窄的簡陋木板床上，想必一夜好眠，睡到還想再睡。牆上裂開的這些洞看出去是一列飽經風化刨削的山脊。風化作用乃是這片風景患上的神經衰弱。南邊，離小屋兩公里的地方，一座滿是鏽斑的花崗岩穹丘以五千公尺的高度傲視左近群峰。明天，這一列峰巒會是我們觀察的好所在；今晚，它們則是震撼力十足的窗外風光。北邊，河川在五公里寬的冰河槽中與小支流一一匯聚。這條河川也是圖博這些河川的一員，它們還沒流到海洋，羌塘高原的砂就已吸乾了它們的水。在圖博，連自然環境都服膺著佛法昭示的生滅。

整整十天，每天早上，我們把周圍地區走了個遍，大步（也就是木尼葉一步的距離）穿越山麓的平緩坡地。早上起床，我們就從小屋出發，向上攀升四百公尺的海拔，登上花崗岩的山脊。我們在日出前一小時就登頂了。空氣有著冷石頭的氣味。溫度是攝氏零下二十五度。這個溫度禁絕了一切，禁絕了動作，禁絕了言語，禁絕了憂傷。我們唯一做的，是懷著一種呆滯的希望，等待日出。破曉時分，黃色的刀鋒撬起了夜晚；兩小時後，陽光在雜草星星點點的礫石地上灑下它的斑點。世界是結凍的永恆。眼前的地貌在如是嚴寒之中，看來不可能再進一步風化了。可是，剎那間，我原以為早已棄絕寂滅、如今被陽光照耀分明的無邊荒漠，滿布了烏黑的斑點：是動物。

因為迷信，我從不提起雪豹。諸神——「諸神」是「偶然」比較有禮貌的說法——認為時機適當的時候，牠就會現身。這個早晨，木尼葉有其他的事要忙。他想要靠近我們之前遠遠看見的野犛牛群。他崇敬這些犛牛，呢喃著聊起牠們。

「在這裡，人們叫牠『drung』。我是為了牠們才回來。」

在公牛身上，木尼葉看見了世界的靈魂，生育力的象徵。我說給他聽：古希臘人割斷公牛的喉嚨，將公牛的血獻給大地與冥界諸神靈，焚燒犧牲產生的煙香獻給天上眾神，獻祭後將最肥美的部位獻給王公貴族。公牛起了代為祈求的功效，獻祭的犧牲就是對神的呼喚祝禱。可是，木尼葉心心念念的，則是黃金時代[13]，這個時代可遠遠早於那些祭司。

「犛牛來自遠古：牠們是蠻野生活的圖騰，舊石器時代的壁畫已有牠們的身影，牠們沒有改變，彷彿牠們仍然在洞穴中抖著身體、噴著氣。」

犛牛星星點點地分布在山坡上：一顆顆茸茸的黑毛球。木尼葉凝望牠們，眼神澄澈哀傷。在清醒的夢中，他彷彿在數算這些最後的領主；此刻，領主們在山脊上，舉辦著道別的遊行。

這些衣衫襤褸、角大得不成比例的戰艦在二十世紀遭到中國殖民者的屠殺；在羌塘高原的邊緣以及崑崙山脈的山腳，幾乎已見不到牠們的足跡。中國經濟起飛以來，政府實行集約式畜牧。十幾億的人口嗷嗷待哺；與此同時，全球生活水準日趨齊一，於情於理，中國人也不能沒有紅肉吃。配種單位雜交了野犛牛及馴養的品種，培育出「大通犛牛」。大通犛牛此一混種兼具強健的體魄與馴服的性情。對全球化的世界來說，這個品種完美無缺：能夠複製，規格一致，性格溫順，是為了滿足統計上口腹欲的需求而專門汰選出來的。新的種牛體形縮小，大量繁殖，沖淡了原始的基因。與此同時，倖存下來寥寥無幾的野犛牛仍在大地的邊邊角角蹓躂著牠們凌毛亂髮的憂傷。野犛牛，一身盡是神話傳奇。偶爾，國營的畜牧業者會捉來一隻野犛牛當種牛，為的是重振馴養世代的勃勃生氣。「drung」的命運像一則現代寓言：暴狂、力量、祕奧、榮耀，在塵俗的世界裡，全都退隱了。一樣地，西方高科技都市的人類，也自己馴化了自己。這個，我完全形容得出來。最有代表性的，就是我自己。我，廁身我溫暖的公寓，沉迷於我對家電產品的顛倒夢想，忙於為我所擁有的一盞盞螢幕充電，放棄了生活的激狂。

從不下雪。跟死亡一樣藍的天空下，圖博攤開了乾枯的手掌。這個清晨，五點鐘的時候，我們在海拔四千六百公尺處，那座俯瞰小屋的花崗岩穹丘背面就位。

「犛牛會來。」木尼葉說。「我們現在就在牠們的海拔。每一種草食動物都在自己的海拔吃草。」

峰巒不動，空氣純潔，天際寂寥。犛牛又會從哪裡出現？

遠處，一頭狐狸現身在日頭下。山脊上，狐狸的輪廓清晰。牠是不是剛剛去狩獵？我的眼睛才從牠身上移開，牠就消失無跡。我再也沒有見到牠。學到的第一課：動物總是毫無徵兆地閃現，然後消失，我們永遠沒有機會與牠重逢。必須感恩每一回稍縱即逝的顯現，敬拜這樣的閃現如同獻祭。我仍記得童年時，在基督學校修士會（Frères des Écoles Chrétiennes）開辦的學校裡度過的一個個欽崇（adoration）之夜。我們被徵調去參加好幾個小時的儀式，眼睛看向主祭臺，心中滿懷期待：有個什麼就要發生。神父已先跟我們含糊說明這會是怎麼一回事，但都太抽象了，對我們來說，吸引力哪比得上一顆足球或一顆小糖果。

童年的教堂拱頂下，圖博的這片斜坡中，瀰漫著同一種不安。這樣的不安足夠稀釋，夠讓我感覺它溫和無傷；這樣的不安卻一直都在，因此就維持了它的分量：要等待到什麼時候？教堂中殿與山岳之間，又有一點不同。教堂裡，跪著的我們滿懷盼望；同時，我們無法印證。祈禱冉冉上升，直達天聽。天主會回應你嗎？甚至，祂存不存在？野外蹲點時，我們曉得是在等誰。動物就是已然顯現的眾神。牠們的存在無庸置疑。如果真的等到了什麼，那是我們所得的酬賞；如果什麼都沒發生，我們手一揮就撤退，然後堅定不移：明天繼續蹲。如此一來，如果動物現身，那就是歡慶的時刻。屆時，我們會接待牠這名夥伴。牠一定在，只是未必造訪。蹲點是一種樸實無華的信心。

狼

時近正午，太陽的功率發揮到了極致：虛空中，小小的一個點。半月狀敞開的小山谷谷底，一個被遺忘的方塊：我們的小屋。我們位在平坦的山脊下方五十公尺處。在這裡，我們能一覽無疑左近的礫石斜坡。

木尼葉是對的，犛牛忽爾出現了。從西邊。牠們從這座谷地的隘口進來了。那黑玉（jais）[14]一般的毛色灑落在離我們五百公尺之遙的石礫堆上。牠們倚著山，像是在阻止山的崩塌。我們必須悄無聲息地經過一塊塊的石頭，逆風前進，從側面靠近牠們。

現在，我跟木尼葉從海拔四千八百公尺的高度，俯瞰犛牛群。忽然，犛牛們溜了。牠們揣著一股跟剛剛一樣的勁頭，循原路攀回牠們早前翻越的山脊。牠們是不是看見了我們這些兩足動物的身影——世界的大恐怖之象徵？牠們揚蹄小跑，奔上絳紫色的山坡，給人載浮載沉的感覺，既是前進，又更像滑行，簡直是一大捆一大捆的毛球在移動，我們的眼睛根本看不見牠們掩藏在鬆垂毛皮下的腳的動作。這一群犛牛跑到隘口下方，停了下來。

「我們沿山脊繼續走吧。會跟牠們會合的。」木尼葉說。

我們把一隻雪雞（Tétraogalle）驚出了巢穴，擾得一群「藍羊」——

Pseudois nayaur ——緩緩退向北方。這群藍羊之前進占谷底，我們卻沒發現牠們的來到。這些山羊，木尼葉用牠們的圖博名字—— *barhal*，滑稽地稱呼牠們。牠們帶著牠們彎曲的角以及雙色的皮毛，跟岩羚羊（chamois）一樣，走在陡峭的山壁上。犛牛呢，犛牛認為爬到了那個高度，自己就安全了。牠們靜止了，不再移動。

稍後，我們在離牠們一百多公尺的地方，在斜坡上的亂石堆裡，臥倒觀察。我看著石頭上那些地衣形成的圖案：邊邊是鋸齒狀的一朵朵花，宛如我母親的醫學書籍[15]裡，那些皮膚病學的插圖。我膩煩了這些小細節，抬起頭來望著犛牛。牠們吃著草，牠們也抬起了頭。牠們頭上的兩隻角緩緩地、緩緩地在天空中抬了起來。只要為牠們鍍上一層金，就能擺進克諾索斯宮（palais de Cnossos）[16]，成為一尊尊雕像。狼群呼嚎著。叫聲來自遠方。來自日落的方向，隘口的另一邊。

「牠們在唱歌。」木尼葉愛這麼說。「至少有八匹。」

他怎麼曉得的？我就只聽見同一首哀歌。木尼葉迸發了一聲狼嚎。十分鐘後，一匹狼回答了他。就這樣，對話建立了，一次在我心目中，兩個想必絕無法彼此親善友愛的生物之間，最美最美的對話。「為什麼我們分離了彼此？」木尼葉如是說。「你想要我的什麼？」狼如是說。

木尼葉詠唱。一匹狼回答木尼葉。木尼葉安靜下來。一匹狼繼續詠唱。忽然，牠們其中的一匹出現在地勢最高的隘口上。木尼葉最後一次詠唱。這匹狼衝下山坡，往我們的所在地奔跑過來。我腦中塞滿之前讀的中世紀讀物——熱沃當怪獸（Bête du Gévaudan）的傳說，以及亞瑟王的小說，一點也不覺得一匹狼朝我衝刺而來的畫面有多麼令人愉快。為了鎮定心神，我看了看木尼葉。木尼葉跟一名遭遇亂流的法國航空（Air France）空姐一樣無慮無憂。

「牠一跑到我們前面，就會忽然停下來。」木尼葉剛說完這悄悄話，這匹狼就在我們前方五十公尺凝住不動。

然後，狼離開了。牠繞了一大圈，超過我們，平平地小跑步起來，一邊轉頭看著我們。這讓犛牛群陷入了躁狂。烏黑的犛牛被狼搞得牛心惶惶，再度開始奔逃，重新爬上山坡。團體生活的悲劇：永遠沒辦法清靜生活。狼消失無蹤，我們探索著山谷，犛牛爬上了山脊，夜色飄落，我們再也沒見到那匹狼，牠消失了，杳無形跡。

美

小屋裡日升月落。我們精進了日常伙食，堵好一個又一個的洞，讓風別吹進來。每個早晨，我們在日出前離開小屋。每一天，在黑暗中把自己從睡袋硬拉出來的痛苦都是一樣的，終於開始走路的快樂也是一樣的。只要走個十五分鐘，寒冷的房間裡凍住的身體總是能恢復活力。日出燃亮了山尖；接著，光線緩緩流淌山坡，終於讓整座冰河谷開展在光線中。冰河谷，這條壯闊的大道從來不下雪；當狂風颳起，空氣就充滿了令人無法呼吸的灰塵。在黃土的斜坡上，動物群留下了牠們虛線的腳印——天地的高級裁縫。

我、理奧、馬希跟著木尼葉走，木尼葉跟著動物走。有的時候，我們會在木尼葉的指示下，埋伏在沙丘的鋒刃後方，等待羚羊來到。

「『沙丘』、『羚羊』，這些辭彙根本是在講非洲。」馬希說。

「圖博是個伊甸園。還裝了空調。」

陽光璀璨，什麼都曬不熱。天空，天空是水晶之鐘，壓縮著青春的空氣。寒冷囓咬著我們。動物一來，我們就把這一切都拋開。我們沒看見牠們靠近，牠們卻一眨眼已在那裡，在灰塵之中紮了營、就定位。如真似幻，顯聖現形。

木尼葉跟我談起他十二歲時拍下了生命中的第一張相片：佛日省的一隻西方狍（chevreuil）。「高貴啊，請垂聽我！簡單真誠之美啊，請垂聽我！」這是年輕的歐內斯特．勒南（Ernest Renan）[17]在雅典遺跡中興發的祈禱。至於木尼葉，十二歲在佛日省的這第一次的邂逅，可謂他生命中的「雅典衛城（Acropole）之夜」。

「就在這一天，我打造了自己的命運：觀看動物。等待牠們。」

那一天起，木尼葉臥倒在樹椿後面的光陰長，坐在學校板凳上的光陰短。他父親沒怎麼逼他。他沒通過高中畢業會考，以在工地工作維生，直到他的攝影作品得了獎。

科學家鄙視他。他以藝術家的眼光審視自然萬物。對什麼事都要用計算機算一算、甘為數字的奴僕的人來說，木尼葉一文不值。我就遇過幾個這種人。他們為蜂鳥套上腳環，還把海鷗開膛剖肚，就為了採集膽汁樣本。他們將真實的世界化為一道道方程式。數字不斷累加。詩意？不存在。知識真的進步了嗎？不曉得。科學把它的極限掩蓋在不斷累積的數據後方。將世界變成一串串數字，這樣的勾當卻號稱是在拓展知識。真自以為是。

木尼葉，他呢，向，而且只向奪目的光彩致敬。他謳歌狼的瀟灑，頌詠鶴的優雅，讚嘆熊的無瑕。他的攝影作品屬於藝術，不屬於數學。

「比起擁有一幅德拉克洛瓦（Eugène Delacroix）[18]的畫，罵你的人比較願意為老虎怎麼消化食物建立一套模型。」我跟他說。歐仁・拉畢許（Eugène Labiche）[19]早在十九世紀末，就預感了學問時代的荒謬：「太太，我跟您說，這統計學啊，是一門現代又正向的科學。它把最晦暗不明的事實全都攤在陽光下。因此，最近啊，感恩那些千辛萬苦的研究，我們終於知道了，精確地說來，西元一八六〇年一整年，從新橋（Pont-Neuf）[20]上走過去的寡婦究竟有幾位。」[21]

「一頭犛牛就是一位領主，我才不管牠今天早上吞東西吞了十二次！」木尼葉回了話。

木尼葉總像在悄悄醞釀著憂鬱。他絕不提高聲調，就怕驚擾了雪雀

（niverolle）。

平庸

又一個在塵灰的斜坡上度過的早晨。是第六個早晨了。這些砂粒曾是一座山，然後，河流將它磨成了粉末。石頭們則守護著遠溯兩千五百萬年前的祕密：當時，海洋覆蓋了這片所在。空氣窒息了所有動作。天空藍得跟鐵砧一樣。霜輕輕覆蓋著砂粒，好像一層薄紗。一隻瞪羚（gazelle）吃著雪，頭跟脖子輕微地點動。

忽然，一頭野驢現身。牠停住了，全神戒備。木尼葉將一隻眼睛貼上觀景窗。這樣的體感訓練很像打獵。木尼葉跟我都沒有殺手的靈魂。為什麼要殺害一隻比自己更強大、對環境適應得更好的動物？獵人一槍兩命。他毀滅了一條生命，同時也殺掉自己心中的惱恨：他惱恨自己完全沒辦法跟狼一樣勇健陽剛，或永遠無法輕靈矯捷一如羚羊。砰！子彈離膛。「終於啊」，獵人的太太如是說。

獵人好可憐，我們要將心比心：他身邊圍繞、覓食著這麼一群緊實如箭在弦上的動物，他卻大腹便便，這真是太不公平了。

野驢並未離去。要是我們剛剛沒看見牠來到這裡，應該會把它當成一尊沙雕吧。我們登上了離我們陣地五公里之遙的河岸邊坡。整條河冰凍著。我談起了幾年前，B先生——頭戴羽毛帽，身披天鵝絨禮服——寄給我的信。這位B先生是法蘭西全國獵人協會（Fédération nationale des chasseurs de France）的主席，他在我寫了篇沒在客套、把獵人狠狠教訓一頓的文章後，寄了封信給我。他罵我是個小都市仔，套著一雙垂著小小流蘇的低幫便鞋（mocassins à glands）[22]，一點悲劇感都沒有，整天就在大大小小的花園閒來蕩去，熱愛山雀（mésange），聽到槍栓的喀啦聲就嚇得漏尿。反正就是個什麼，就是個時髦愛風騷的公子哥啦。我從阿富汗的山裡回來時，讀了這封信。我對自己說，真遺憾，「獵人」這個名詞，我們一視同仁地拿來稱呼：用長矛剖開猛獁象肚腹的人，以及將子彈瘋狂灑向一隻肥胖的雉雞，喝著干邑白蘭地、吃著查爾斯起司（chaource）的雙下巴先生。用相似的字詞指稱對立的事物對世界的苦難一點幫助也沒有。

生命

太陽仍然徒勞無功地照著這座冰宮。這感覺滿古怪的：臉孔朝向太陽，卻感受不到慰撫。木尼葉繼續帶我們走山麓的平緩坡地。我們從沒離開小屋超過十公里。有一回，我們往山脊走，另一回，我們去了一條河。這樣的交織來回足夠讓我們遇上在地的動物。

木尼葉對動物的熱愛讓他棄絕了一切的虛華。他不太關心他自己。

他從不抱怨，這讓我們不敢喊累。草食動物們來來去去，啃平了谷壁與山麓緩坡上的草。在地貌的皺褶處，斜坡與冰河槽谷會合，流出幾處小泉水。一列野驢經過了。牠們的腿從不顫抖，蹓躂著一襲象牙的毛皮，與一絡纖柔易碎的優雅。一排羚羊經過了，在後方捲起一陣煙雲。「*Pantholops hodgsonii*（藏羚羊）」，木尼葉說。這位木尼葉，動物在的時候，他就講拉丁文。

日光將塵灰轉變成黃金的軌跡；然後，塵灰緩緩降落，宛如紅色的一張網。獸毛在光線中震顫，給人蒸氣騰騰的幻覺。木尼葉愛死了陽光，每次都會想辦法蹲點在逆光的地方。眼前的景致是一片礦漠，應當是岩漿的活動使它傲立於天空之中。這般的奇景構成了高亞洲（Haute-Asie）[23]的紋章學（héraldique）：一列動物站在安放於山麓緩坡上的塔底。每一天，在齊平劃一的單調地景裡，我們提取著幻象般的見聞：猛禽、鼠兔（pika）——pika是圖博類似草原犬鼠（chien de prairie）的動物的名字——、狐狸，還有狼。這是一個適應了高海拔的極端環境，各自的行為都審慎細膩的動物相（faune）[24]。

在這生命與死亡的高聳廣場上，一齣悲劇搬演著。很難感覺得到，卻組織、調校得完美無瑕：太陽升起，動物迭相追逐，為了彼此相愛，或為了彼此吞食。草食動物一天有十五個小時，頭都低低地朝著地面。這是牠們悲傷的宿命：緩慢地活著，忙於咬嚼貧瘠但不必出力去掙的草。對肉食動物來說，生命更顫動、更刺激。牠們追捕著稀少的食糧。追捕所得的大收穫保證來一場血的歡宴，是一則美美地睡午覺的願景。

所有這些動物死了，星羅棋布著高原的食腐動物就來撕碎牠們的身體。很快地，牠們的骨架會被紫外線焚燒，然後重新參與進這一首生物學的華爾茲。如此的輪迴流轉讓古希臘人有了靈妙的直覺：這個世界的能量是在封閉的圈圈裡循環，從天空到石頭，從草到肉，從肉到土壤，這一切都在對氮循環提供光子（photon）的太陽指揮之下完成。《西藏度亡經》（*Bardo Thödol*）——圖博版本的《死者之書》（*Livre des Morts*）[25]，與赫拉克利特（Héraclite）[26]和其他談論變動不居這個主題的哲學家，談出了一樣的東西。萬物經過，萬物流綻，萬物消逝，野驢疾奔，狼隨驢後，禿鷲盤旋：秩序，平衡，大太陽。勢不可擋的寂靜。直刺入眼的光線，寥近乎無的人煙。一場夢。

而我們就在這裡，在這炫目又病態的生命花園之中。木尼葉有先告訴我們：這裡，是攝氏零下三十度的天堂。生命自我集中：出生，奔跑，死亡，腐爛，化為另一種形式重新投入流轉。我能理解蒙古人為什麼希望將他們的亡者留在乾草原上自行分解。如果我母親有先叫我這麼做，我倒希望將她的遺體帶來，安放在崑崙山脈的一絡皺褶中。食腐動物會把她撕碎，然後，這大塊朵頤的動物自己也會進入其他動物大快朵頤的嘴裡，最終，牠們會化入其他的肉體，流散傳布——老鼠，胡兀鷲（gypaète），蛇。這給了一名失恃的孤兒想像他母親的機會：從此，他母親就躋身一翼翅膀的拍打、一塊鱗片的波動、一叢獸毛的震顫之中。

在場

木尼葉彌補了我的近視眼。他的眼睛能察知一切，這我可一點也不懷疑。尚・布希亞（Jean Baudrillard）[27]曾經針對藝術作品這麼寫道：「比讓物表意更重要的，是讓物閃現。」[28]為什麼要針對羚羊清談闊論呢？牠們閃現了，首先在遠處震動著，接著逼近，輪廓逐漸清晰，忽然就在那裡了；牠們的在場是精微易碎的，一點點不安就能讓牠們縱身奔逃。我們看見牠們了。這就是藝術。

馬希和理奧一路與木尼葉同行，從佛日省一路走闖到尚普索（Champsaur）[29]，精進了從模糊難辨的光景中分辨出箇中微妙的功力。在這荒涼的高原上，他們偶爾會從金黃色的亂石堆裡破獲羚羊，或發現正躲回陰影去的草原犬鼠。見所不能見之物：道家的圭臬，藝術家的大願。而我，整整二十五年，我踏遍一座座乾草原，所見之物卻不及木尼葉的十分之一。一九九七年，在圖博南方，我扎扎實實遇見一匹狼；在魯昂（Rouen），我曾在聖瑪洛教堂（Eglise Saint-Maclou）的屋頂上面對面與一隻石貂（fouine）相見歡；二〇〇七年，還有二〇一〇年我在西伯利亞的北方針葉林（taïga）[30]撞見過幾頭熊；一九九四年在尼泊爾，我還不幸感受過一隻狼蛛（tarentule）在我大腿上瀟灑走一回的滋味。然而，這些都是不費吹灰之力去求索，自動就在我面前迸放的意外邂逅。用盡力氣去探索世界，從一條條生命旁走過卻視而不見，這是有可能的。

「我走遍天地，我蒙受注視，我渾然不覺。」這是我的新聖詠[31]。我用圖博的唱法低聲吟詠著它。這首聖詠總結了我的人生。今後，我曉得了，我們是在諸多不可見的面孔上那些圓睜眼睛的注視之中雲遊走闖。我用注意力與耐心的雙份鍛鍊，來償補昔日我的視而不見、聽而不聞。

讓我們喚此為「愛」。

我剛剛曉得了：人類的花園充滿了各種「在場」。這些存在對我們毫無惡意，只是專注凝視我們。無論我們做了什麼，一絲一縷都逃不過牠們的眼目。動物是花園的守衛，人類在花園裡滾鐵環，還以為自己是花園的國王。這真是一樁發現。這樁發現並不難堪。從此以後，我知道，我不孤單。

桑利斯的塞拉菲娜（Séraphine de Senlis）[32]是二十世紀初的畫家，她半瘋狂，半天才，三分俗氣，不受重視。畫作裡，她用點的，點出了長滿了圓睜的眼睛的樹。

耶羅尼米斯・波希（Jérôme Bosch）[33]這一位以尼采的標準來看，信奉著「後世界」（arrière-monde）[34]的荷蘭藝術家，曾經將一張版畫命名為〈樹有耳，田野有眼〉。他在土地上畫了許多眼球，在森林的邊邊畫上了兩扇人類的耳朵。波希是了解的：荒野看著你，你渾然不覺。當人類的眼神捕捉到它，它就消失無蹤。

「那邊，對面，河岸的斜坡上，一隻狐狸，離我們一百公尺！」我們從冰上過河時，木尼葉對我說。我花了好長時間才看出我所看的是什麼。我的心拒絕使之浮現、成形的，我的眼睛已經捕獲了，而我渾然不覺。瞬時之中，狐狸的身影浮聚顯形，就好像是一種顏料接著一種顏料、一縷細節隨著一屢細節，牠在亂石之中漸漸清晰起來，朝我顯現。

我不再為我欠缺這方面的能力所苦。知道自己正被這些「在場」細細瞧著，自己卻什麼也沒發現，這是一種享受。赫拉克利特的殘篇如是說：「自然喜愛躲藏。」這個謎團有什麼涵義？自然躲藏起來，以從吞吃之口逃離？自然躲藏起來，因為力量何須展現？天地萬有並不是為了讓人類觀看而被創造出來。無限小，我們的理性無法掌握；無限大，我們的貪婪無能占有；野生動物，我們的眼睛觀察不到。動物執政、支配、統治；就像樞機主教黎胥留（Cardinal de Richelieu）[35]監視他治下的人民那樣，動物也留心著我們。我知道牠們活著，牠們在迷宮中自在優游。如此的好消息就是我的青春之泉！

簡潔

一個晚上，我們在小屋門旁啜飲紅茶的時候，馬希叫我們看一團煙霧。這團煙霧在山麓蝕原（pédiplaine）的最低點，旋風般升騰而起——為數八頭的一群野驢迸現河邊、沿河衝刺，從東邊離小屋四公里處朝我們來。木尼葉已經在他的望遠鏡上就定位。

我問木尼葉牠們的學名是什麼。「*Equus kiang*（西藏野驢）」，他這麼答。「亞洲野驢（hémione）是牠們的近親。」

牠們在北面的一個草場駐了足。這天，小屋所在的山谷裡，我們幾乎沒有看見其他動物。前一天在此吟唱的狼灑落了恐怖。狼一吟唱，動物就不跳舞。牠們足不出戶。

我們離開小屋，藏身在一道沖積而成的斜坡後方，一個跟著一個，靠近了野驢。一隻金鵰（aigle royal）盤旋在野驢頭上，彷彿牠們的光圈。我們來到一座河流切割坡面的峽谷。在乾涸的河床上，我們弓著背，披著偽裝的服色，前進、前進。野驢生氣勃勃吃著草。牠們的黃褐色毛皮有黑線勾勒的輪廓，在彼方構成一群珍貴的斑點。

「獨角小圓桌上，一尊尊的瓷器。」理奧說。

西藏野驢是馬的親戚。牠們沒有受過被人馴化這種屈辱，然而，五十年前，中國軍隊進軍圖博時，為了取得食糧，曾經大肆屠殺牠們。我們眼前這些野驢就是屠殺的倖存者。我們清楚看見牠們隆凸的前臉、濃密的鬃毛、渾圓的臀部。風在牠們後方渲染出一團塵灰。野驢就在一百公尺的地方了，木尼葉拿起相機，對準牠們。剎那間，像是遭到猛烈電擊，牠們往西邊衝奔。一塊小石頭滾到我們腳邊。一道電流貫穿了高原。狂風猛烈地颳將起來，狂奔的野驢揚捲的塵灰裡爆發著光亮，這集體的大馳騁擾動了空中一群群雪雀，還把一頭狐狸驚得發了瘋似地亂跑。生命，死亡，力量，奔逃：美已癲狂。

悲傷的口吻。木尼葉說：

「原本，我一生的夢想會是：變得徹底隱形。」

我大多數的同類——我呢，是這方面的冠軍——想要的完全相反。我們夢想的是：展現自己。要靠近一頭動物，我們是沒有任何機會了。

我們回到泥屋，再也沒花心思把自己隱藏在自然裡。光線漸漸暗了下來，原本直鑽我骨髓的寒冷變得沒那麼凌厲，因為夜晚讓寒冷名正言順了。我闔上小屋的門，理奧燃亮了小瓦斯爐，我想起了一眾動物。動物們正準備開啟一段鮮血與冰霜紛飛的時光。屋外，獵食者的夜晚開始了。縱紋腹小鴞（chevêche d'Athéna）已經高低參差地尖叫起來。牠們為遍地爆發的開腸剖肚拉開了序幕。動物們各自尋找各自的獵物。狼、猞猁、貂（martre）發動攻擊，蠻野的盛宴會一路持續到黎明。太陽會終止這一場酣飲暴食。好運的肉食動物會撐著肚子下去休息，在陽光裡享受昨夜的成果；草食動物呢，則重新開始遊蕩，拔咬幾株草吃，將草轉換成逃跑的能量。牠們註定永遠必須朝地面低垂著頭，一口口咬斷牠們的食糧，決定論（déterminisme）這個沉重的負擔壓彎了牠們的脖子，大腦皮質擠扁在額骨上，牠們沒有能力逃脫大自然這一套將牠們獻上祭壇、成為犧牲的設計。

我們在羊圈裡燒著湯。瓦斯爐發出了低微的嘶吼，創造了熱呼呼的幻象。屋子裡，溫度是攝氏零下十度，我們細數這星期看見的景象。這些收穫跟土耳其侵略庫德斯坦（Kurdistan）[36]一樣令人激動，但跟後者比起來沒那麼惡劣。說到底，一匹狼突襲一群犛牛、八頭野驢奔逃、頭上還盤旋著一隻老鷹，凡此種種比起美國總統訪問韓國總統，重要的程度並不遜色。

我幻想著一份屬於動物的日報，讀者讀到的不再是「嘉年華會爆發死傷攻擊」，而是「藍羊抵達了崑崙山脈」。忐忑少了，詩意多了。

木尼葉一口一口舔著他的湯。他頭戴護耳毛帽，神情頗似一名白羅斯[37]的鋼鐵冶煉人員，臉頰因為四處奔走而消瘦。此刻，他註定要用一種非常名流男仕的口氣，說出這句話：「我們是不是稍稍用點甜的，做個結束？」然後他手起刀落，剖開罐頭。木尼葉啊，他將今生奉獻給了頂禮動物的大崇拜。馬希呢，也選擇走上如此人生。他們又怎能忍受得了回歸人類世界——也就是，一場大混亂——之中？

秩序

隔天早上，我與理奧兩人藏身在河岸兩側沖積而成的邊坡後面、大河一條條小支流其中一條的出口處。這個蹲點的位置很適合觀察動物的來來去去。烏黑的陰影在岩石上奔跑。墳塋般的風景，不發一語的太陽，璀璨熾烈的光線：我們已心無他求，專注等待動物。木尼葉與馬希則在西邊墨黑的巨石堆後隱身臥倒。兩百公尺遠的地方，瞪羚們拔嚼著草。牠們忙著吃草，柔弱、危疑，全神貫注在進食的忙活上，無暇顧及一匹狼正悄悄接近牠們。狩獵即將展開，在白色的塵灰中，鮮血即將流湧。

究竟是發生了什麼事？這些殘酷無情的狩獵、這些周而復始的苦難，到底是為了什麼？我感覺：生命是一場接著一場的攻擊，看似平靜穩好的景致則是殺戮的布景；所有層級的生物，從草履蟲（paramécie）到金鵰，都進行著如是的殺戮。最病態的、志在解脫苦難的一門門哲學，其中一門就是佛教。十世紀的時候，佛教弘傳而來，高高地棲居在圖博高原上。如果要提出如前所述的疑問，圖博是夢寐以求的寶地。木尼葉此刻正蹲點靜待動物，他可以蹲上整整八個小時。有的是時間思考形上學。

以一個問題開頭：為什麼我總是從一片景致裡，看見橫流伏隱的恐怖？就連在貝勒島（Belle-île）[38]，面對著被太陽溫柔了的大海，廁身在心心念念只想在日落前把他們的吉瑞紅酒（givry）啜飲完畢的度假客中，我仍想像著海面下的戰火：螃蟹扯爛了獵物，七鰓鰻（lamproie）吸吮著被牠們寄生的受害者的血，每條魚都在尋找比自己弱小的魚，硬刺、吻突（rostre），尖牙撕碎了一切血肉。為什麼就不能別去想像這些罪，好好享受一方美景？

在無法設想的太古，比宇宙大霹靂（big-bang）更早的時候，沉潛著一股力量，它奇妙，它形態單一。它無上的能量脈動著。在它周遭，一片虛無。為了給它一個名字，人們彼此競爭。對某些人來說，它名喚「上帝」，把我們收納在它的掌心的「命運」之中。一些比較審慎的心靈則稱它為「存有」（Être）。對另外一些人來說，它，則是無上的唵

（Om）[39]的震動、蟄伏等待的能量——物質、數學上的一個點，或是一股並未分化、渾融為一的力量。大理石的島嶼上那些金髮水手——希臘人，把這股脈動稱為「混沌」（chaos）[40]。一支被烈日千錘百鍊的游牧部落——希伯來人，則將它命名為「話語」（verbe），希臘人又轉譯為「氣息」（souffle）。各自都找到了名號來指稱這統一的個體。各自都磨利匕首來宰掉反對他們的人。所有這些主張指的都是同一物事：時空之中波動著最初的奇妙。一次爆炸解放了它。沒有大小的，從此有了大小；無可描述的，從此細節歷歷；不會改變的，從此連接聚合；未曾分化的，從此長出了繁多面目；晦暗未明的，從此亮了起來。這是一場劇變。「唯一」結束了！

湯[41]中翻滾著生物化學的資訊。生命出現、散布，征服地球。時間進襲空間。一團錯綜複雜。生命分歧、特化著，逐漸遠離彼此，每種生命透過吞吃其他生命，確保自己永存。演化創造出各種獵食、繁殖、移動的精巧形式。追捕，設陷阱抓，殘殺；繁殖則是一切的動機。戰爭赤裸裸開打，世界就是戰場。太陽早就著火了。太陽用自己的光子（photon）使殺戮繁多；太陽終將自我奉獻而死。太陽的安魂曲唱響的同時，「生命」是屠殺被賦予的名字。如果哪一位神真的是如此荒唐盛宴的始作俑者，那恐怕我們需要一間層級更高的法院來將祂移送法辦。賦予生物神經系統是萬惡之中最高的發明。這套發明讓痛苦成了定律。如果上帝存在，祂的名字是「苦難」。

不久前，人類出現了，像病灶四處蔓延的黴菌。人類的大腦皮質給了他前所未有的才性：把摧毀自己以外事物的能力提升到最高，同時又哀嘆自己竟然幹得出這種事。痛苦之上，又多添了一層清晰的認識。恐怖的極致。

如此一來，每條生命都是原初那花窗玻璃的碎片。這個早晨，在圖博中央爭鬥的羚羊、胡兀鷲以及蟋蟀，對我來說，就像是高高掛在「擴張」的天花板上那球七彩霓虹燈上一塊塊小小的鏡面。我朋友拍攝的這些動物，正是「分離」經過繞射之後呈現出來的樣子。什麼樣的意志安排創造了這些異常繁複，隨數百萬年光陰流逝，一個比一個還靈妙精巧、一個比一個還距離遙遠的形式？螺旋，顎、頜、喙，羽毛和鱗片，吸盤與能抓握的拇指，凡此種種都是這股奧妙混亂的力量坐擁的珍奇屋（cabinet de curiosités）[42]裡的寶藏；這股力量戰勝了統一的狀態，組織了這一切欣欣向榮。

狼靠近瞪羚。瞪羚們動作劃一，抬起頭來。半小時過去了。一切都不再移動。太陽不動，動物不動，雙筒望遠鏡後宛如雕像的我們也不動。時間流逝。只有破碎的陰影緩緩滑移，進攻群巒——雲。

如今，生物們支配、統治地球。牠們為這曾是「唯一」之物所擁有。演化持續進行。我們很多人憧憬太古，幻想那段萬有沉睡在最初的顫動的年代。

如何止息這一絡思念「萬有的大啟動」的感傷情懷？總是能向上帝祈禱。倒是滿愉快的消遣，比釣劍旗魚（espadon）來得不累。我們對著一個可能遠在「大啟動」之前就已存在的唯一象徵說話，我們跪在小聖堂中，低聲吟哦聖詠，想著：上帝啊，為什麼您不知自足，還要去沉迷於生物學實驗？祈禱註定徒勞無功，因為源頭已經變得太複雜，我們又來得太晚。諾瓦利斯（Novalis）[43]說得更加玄妙：「我們探尋絕對，只找到了一樣樣事物。」[44]

我們也不妨這樣想：原始的能量殘餘在我們每一個之中，搏動。也就是說，我們每一位裡面，都微微迴響著太初的顫吟。死亡讓我們能重新歸入這首太初之詩。恩斯特·榮格（Ernst Jünger）[45]將一小塊前寒武紀（Précambrien）的化石放在掌心，沉思著生命的出現（也就是不幸的出現），憧憬著一切的起源：「有一天，我們會曉得我們早已相識。」[46]

最後，還有木尼葉的技藝：四處追著原始樂譜的回音跑，禮讚狼，拍攝鶴，用一次次的快門將演化所爆破的母材料的碎片[47]全都聚攏起來。每種動物都構成了迷途泉源的一縷閃爍之光。一時間，我們的悲傷緩和了，它不再在梅杜莎女神的眠夢中悸動。

蹲點靜候是祈禱。望著動物，我們像神祕主義者一樣，禮讚失落蔽隱的昔往記憶。藝術的目的也同樣在此：將「絕對」的碎片重新黏起來。美術館裡我們走過一張張畫——同一幅鑲嵌畫（mosaïque）的一張張小方塊。

我把這些思索闡述給理奧聽。他趁著溫度回升睡著了。氣溫是攝氏零下十五度。這匹狼重新走起路來。牠離開了，沒有攻擊瞪羚。

第二部

廣場

空間的演變

第十天，黎明時，我們揮別了住處，搭吉普車往西邊走。陽光塗白了地球。「發光的黑暗之心。」某個道家信徒大概會這麼說。

目的地是崑崙山麓的雅牛果勒湖（lac Yaniugol），離我們的小屋一百公里。木尼葉說了：「往山谷的頭部走吧，那邊會有犛牛。」滿好的行程表。

一百公里，開車要一整天。起伏地勢的烏黑斜坡從天空流淌下來，幾百萬個冬天將它們磨出了平整。山谷敞開、寬闊，被北面邊緣的山麓護衛著。偶爾，一座六千公尺的高峰昭示著它的存在。誰在乎呢？動物不會登頂。左近也沒有登山者。諸神已然退隱。一道道溝壑抓傷了坡壁，彷彿水拒絕往下流，也就是拒絕死亡。氣溫是攝氏零下二十度，荒原裡熱鬧著一道道奔逃的線：驢子在灰塵中衝刺，瞪羚打破紀錄。動物永遠不累。猛禽停駐在嚙齒動物的巢穴上方。金鵰、獵隼（faucon sacre）、藍羊交錯一處：冰凍的花園裡，中世紀的動物寓言集（bestiaire）。一匹狼在小徑旁遊蕩掠食，牠高高棲在一座沖積出的坡堤上，神色不安。這些在將近五千公尺的海拔嬉戲打鬧的動物真令人難堪。我的肺正在起火燃燒。

　　這風景擁有好幾個層次，宛如掛在寺院牆上的圖博畫[1]。三條帶子構造出它的壯麗。天空中：永恆的冰。坡壁上：霧氣氤氳的岩石。山谷裡：沉醉於速度的生命。

　　十天過去了，邂逅這些動物已顯得平常。我惱恨起習慣了動物顯現的自己。我想像凱倫・白烈森（Karen Blixen）[2]每個早晨都在恩貢山（Ngong）[3]腳用早餐，大紅鸛（flamant rose）爆炸般地湧現，她面不改色。我疑心她已疲乏了壯麗。她寫了《非洲農場》（*La ferme africaine*）[4]；以塵世天堂為主題的書裡，這是最美的一本。我們永遠不會厭倦難以言喻的事物，這就是證明。

羌塘高原接近著，吹響了我愛之約會的序曲。年復一年，我在這座城堡的主塔旁邊打轉。步行、卡車、騎鐵馬，二十到三十五歲，我走遍城堡的廣場，卻從未深入內裡，連從城牆上看一眼都沒有。高踞圖博核心，海拔平均五千公尺，這座坑窪遍布的高原與法國一樣大，過渡了北面的崑崙山脈以及南面的喜馬拉雅山脈。高原逃脫了「國土整治」（aménagement du territoire）——這是技術專家體制（technostructure）為「蹂躪環境」安上的名。高原上杳無人居，只有幾名游牧者橫越它。沒有城市，沒有公路。帳篷的布面在狂風中劈啪作響：就這個，人類的影跡。

地理學家也曾粗略地為這海拔崇高的荒漠繪製地圖，在二十一世紀的一張張地圖裡，照原樣畫上了十九世紀探險家踏過的、稍縱即逝的路線。對哀哭哼唧、埋怨「探險的終結」的人指出還有這片高原，應該滿不錯的。這些已死的心呻吟著：「我們生得太晚了，世界沒有祕密了。」

只要我們稍稍一找，未知的一方方地帶都還存在。只要推開對的門，門會往一座座隱密的樓梯[5]敞放。羌塘高原提供了一線雲影天光。但要花多少力氣，才到得了羌塘！

美國生物學家喬治・比爾斯・夏勒（George Beals Schaller）——他享譽全球，還有張美國海軍陸戰隊一般的帥臉——在一九八〇年代走遍了羌塘，研究當地有熊、有羚羊、有雪豹的動物相。他對公權力示警：當地有盜獵者出沒。一張張捕獸的陷阱、一次次的狩獵掏空了高原。政府當局是屠殺的共犯。沒人聽夏勒的話。要等到一九九三年，羌塘才列為自然保護區；兩千年代，當地才完全禁止狩獵。夏勒的著作是我們的福音書，就放在我們的車窗上。它題為*Wildlife of the Tibetan Steppe*。根據我們之中學識最深邃的人——理奧的指導，這一句全球土話[6]的意思是：「圖博乾草原的野生動物」。木尼葉幾年前邂逅了夏勒。夏勒大師稱讚了他幫北極狼（loup arctique）拍的相片。我們這位朋友的感覺就像國王冊封他為騎士。

就這趟遠行來說，我們將夏勒尊為我們的雙重導師。他初探了羌塘的奧祕。還有，一九七〇年代，他與作家彼得・馬修森（Peter Matthiessen）[7]結伴，徒步走闖尼泊爾的多爾帕（Dolpo）[8]地區。兩位美國人追蹤過藍羊與雪豹的影跡。夏勒扎扎實實瞧見了雪豹，馬修森卻無緣看牠一眼。

馬修森為我們帶回了一本宛如迷宮的著作——《雪豹》（*The Snow Leopard*），書中探討的是密宗佛教以及物種演化。馬修森關心的主要是他自己。有木尼葉同行，我開始領略到：凝視動物，你會倏忽置身於你逆反的倒影前。動物體現了無上的滿足，體現了自由，體現了獨立自主：這些，我們業已放棄。

離湖五十公尺處，天空再一次雲破日開：那汪水反射著它的光彩。

一群動物朝南奔跑。我翻開《夏勒福音》[9]，認出了羚羊。圖說詳盡記載了牠的圖博名字：「chirou」。

「停車！」不需要夏勒的學問的木尼葉說。

我們把車留在小徑中央。羚羊的毛皮悅亮了枯山水，點染了一塊塊歡欣的斑點。那毛皮潔白又帶點灰，比羊絨（cachemire）[10]還柔軟，註定了牠們悲慘的命運。

盜獵者將毛皮賣給全球性的生意——紡織業。儘管政府有保護羚羊的計畫，牠們仍遭受絕種的威脅。光線在牠們的頭胸蒙上一圈光暈，我有個念頭揮之不去：人類在地球上走了這遭，留下的其中一道痕跡會是他「大掃除」的能力。人類解決了一道叩問著他自己本質定義的哲學問題：人類是清除者。

因此，我跟自己說——此刻，雙筒望遠鏡的眼環（œilleton）[11]緊緊戳進了我的眼眶——這些生命一時奔、一時停，相親相愛地奔跑、比賽，牠們的毛皮終究註定要披上人類的肩膀；眾所皆知，這些人類的體能哪比得上牠們。也就是說，呂絲黛太太[12]連一百公尺都跑不完，披著羚羊毛皮的圍脖卻永遠臉不紅、氣不喘。

我臥倒在小徑旁的溝中，面對一片朝北傾斜、單調的白色碎石。馬希攝影著兩頭正在擊劍的雄羚羊。羊角相擊：瓷器輕碰木漆器小杯子，叮噹作響。羚羊擁有向前彎的兩根宛如匕首的角。它們可以刺穿胃袋，但沒法弄破頭殼。這兩位火槍手各自收回了牠們的鈍劍。勝利者奔向一群母羚羊：牠贏得的獎賞。馬希整理攝影機：

「他們幹架，他們追妹：老故事了。」

唯一與眾多

中國道家的聖地——雅牛果勒湖，高高懸在四千八百公尺的海拔，乾草原的中央。它將它玉做的聖餐餅（hostie）[13]埋在沙子裡。日落時分，湖現蹤我們眼前。它位於坡際一塊平緩地帶的最深處，北面有超過六千公尺、宛如犬齒的崑崙山脈翼護；南面有釘耙般的羌塘高原鑲著邊邊。釘耙後方，神祕的高原。

我們把這一汪水喚作「道之湖」。每年夏天，朝聖者四方來聚。他們崇仰「太一」[14]這個概念。某些人自稱是「無為」的信徒。道家，就是在佛國的土地上，包納珍貴的中國式直觀。道家推崇無為，佛家推崇無欲。不過，我們這種西方人來到這附近，是要幹嘛？

西元前六世紀開始，道家流布開來，棲上了圖博的高原。是誰將它帶到這天涯海角？是老子本人嗎？傳統中，這位道家泰斗以騎牛的形象出現；他著作了《道德經》[15]，然後揮別人間。我想像他的幽靈仍在二十一世紀的光裡踽踽前行。

湖的西岸，中國政府建造了一排給信徒住的工寮。杳無人跡，鐵皮劈啪作響，在狂風裡無人聞問。紅旗飄飛，猛禽當空。空氣虛無，生命抑隱。光線灑落。一眾陰影裡，湖水猶呈乳色。

我們把睡袋在工寮裡安放妥當。鐵皮隔板有效地冰涼了這些陋屋。晚上七點，我們用靴子尖一腳腳把鬆脫的門踹上。暮色中，瞪羚仍然奔跑，鼠兔仍然躍跳，禿鷲仍然翱翔。

「你的靈魂能否擁抱唯一？」[16]

《道德經》第十章如是提問。這個問題是絕佳的安眠藥。從我們遇見動物開始，它就成了我縈懷的思索。世界輝煌著記憶，它屬於一股原始力量，這股力量粉碎成眾多殘酷的形態。泉源分流了，之前有事發生過。我們永遠不曉得發生了什麼。「道」是「開端」的名字，還是「眾多」的名字？我打開詩歌的第一章：

沒名字，它是宇宙的起源；

有名字，它是萬物的母親。17

起源以及眾生命。絕對以及眾事物。神祕主義者尋索母親。動物學家關注子孫。明天，我們會假裝身屬後者。

本能與理性

南面矗立著一座不知名的山峰。我們抵達湖時就注意到它了：羌塘高原的邊緣，一座金字塔秀出群峰。在湖畔安頓好的隔天，我們縱隊前行，橫越山麓的平緩坡地，邁向這座山峰。

我們打算在兩天內抵達山尖。地圖顯示，它離我們有五千兩百公尺。山頂上，視野勢必將天際線一覽無遺。「那就是我們的包廂。」理奧說。這就是我們唯一的欲求：面朝遼闊風景的一座看臺。在那裡，我們搬演一齣道家小短劇：攀登蒼穹，默觀諦想虛空。首先，必須橫渡一條結凍的河流：我們的靴子搗踩、舂研著瓷。抵達對岸，我們踩著碎石，開始攀登。

木尼葉、馬希與理奧行進著，像雪巴人（sherpa）[18]一樣被負荷壓彎了腰。食糧、紮營用具再加上攝影器材，讓我朋友各自背負的行囊達到三十五公斤之重。木尼葉自己揹了四十公斤。還有，他拒絕拋下他的文化素養——夏勒寫的那本大部頭。

對集體辛勞沒有貢獻讓我感到良心不安。為了彌補我的羞愧，我記著筆記，並在停步休息時朗誦給我的朋友聽。墨水結凍，我落筆寫下太匆匆的句子：「山壁有黑條紋，上帝寫完世界放下沾水筆後墨水瓶的流淌。」我發誓這樣的比喻並不誇張，因為這座高達五千公尺、由碎屑岩（roche détritique）構成的圓錐體形狀正像一尊放在桌上的墨水瓶；一層黑玉從它的側翼噴濺而出。暫停不動的犛牛則是標點符號，牠們在很遠很遠的地方。

岩屑堆（éboulis）為暗色的坡壁披上青銅鎧甲。這層不同的顏色輝映著我們渴求的日光。我們前進，被風上沖下洗，冷到頭暈眼盲。我的夥伴坐上了石階，喘息。峽谷們展開了一條條陰暗的通道。它們召喚著三個種族：默觀冥想者、探勘者、獵人。我們是第一種。每座山谷都吸引著我們，可是我們仍一心不易。

傍晚，我們在海拔四千八百公尺高一座乾涸山谷的深處紮營，並在入夜前向上爬兩百公尺，到達一座冰河谷頂端的山尖。六點，一頭犛牛屹立對面的山脊，離我們一公里遠；然後第二頭、第三頭。總共二十頭犛牛湧現最後的晚光裡。牠們厚實的輪廓構造出城堡雉堞（créneau）[19]的模樣。

牠們是一個個時代裡的圖騰。牠們厚重沉實，強而有力，靜默無聲，凝止不動：如此地不現代！牠們並未演化，也沒被雜交配種。相同的本能幾百萬年來導引牠們，相同的基因編碼著牠們的欲求。牠們如如不動，抵抗風，抵抗斜坡，抵抗混雜，抵抗一切變化。因為穩定，牠們仍舊純粹。牠們是靜止了時光的船艦。史前時代哭泣著，每滴眼淚都是一頭犛牛。牠們的影子說：「我們屬於自然，我們從不改變，我們來自此地，我們來自永遠。你們屬於文化，你們柔軟可塑，你們飄忽不定，你們不斷創新，你們要去哪裡？」

溫度計：攝氏零下二十度。犛牛以外的我們——我們人類，註定只能飛鴻雪泥、短暫踏足這類地方。地球大部分的表面並不開放給我們這個物種。適應程度低落、一身毫無絕活的我們，擁有我們的大腦皮質作為致命武器。這門武器讓我們無所不能。我們能夠讓世界臣服於我們的智識；想活在什麼樣的自然環境，我們都辦得到。我們的理性補救了我們的愚弱。我們的不幸，是難以選擇要住在哪裡。

要怎麼在我們諸般矛盾傾向中做出抉擇？正如文化主義（culturalisme）[20]的哲學家所宣說的，我們並不是「缺乏本能」的生物，反而是被太多的本能塞得密不透風，它們還彼此衝突。人類苦於基因層面的不確定性：要付出的代價，就是優柔寡斷。我們的基因完全沒強迫我們做這做那，我們必須依照我們的意願，在所有對我們敞開的可能性中做出選擇。多令人頭昏眼花！一切都可以選擇，這是何等的詛咒！人類迫不及待去做他自己憂心恐懼的事物，渴望牴觸他自己剛剛建立的事物；他回了家就憧憬冒險，一旦揚帆出航了，卻又為了家裡的潘妮洛碧（Pénélope）[21]哭泣。他有能力動身赴往一切可能的目的地，卻自己註定了永遠不滿足。他夢想著「同時可以」；然而，「同時可以」生物學上不可行，心理層面不應該，政治上承受不起。

有一些夜晚，我坐在巴黎第五區的某個露天雅座發著白日夢，看見自己清清靜靜，坐在普羅旺斯的鄉村小屋裡，可是我馬上就揮開這樣的夢幻，想像起通往諸般冒險的路途。我無能選定一道唯一的路向，我在佇留與行動間猶疑，無可自主地搖擺往復，我羨慕犛牛，牠們是鎖在自己的決定論裡的猛獸，這賦予了牠們對自身狀態的滿足，牠們被安排在牠們有辦法存活的所在。

人類中的天才就是擇定了一條唯一的道路、不曾改易的人。埃克托．白遼士（Hector Louis Berlioz）[22]在「執念」（idée fixe）裡，看見了天才的條件。他認為，作品的品質取決於動機的統一，如果想流芳後世，最好別東試西摸。

動物呢，牠出於必需，羈留在「偶然」將牠留置的環境之中。基因編碼讓牠傾向在自己的群落生境（biotope）[23]裡存活，這個群落生境再怎麼惡劣嚴苛都一樣。這樣的適應讓動物至高無上。至高無上，因為沒有廁身他方的欲望。動物啊，如此的「執念」。

氣溫遽降，必須起程。我們留犛牛在這裡。牠們反芻，牠們不會移動。我們是世界的主人，卻脆弱、紛亂苦惱。我們是徘徊在城牆上的哈姆雷特[24]。

我們回到紮營處，爬進了睡袋。拉上帳篷的拉鏈前，木尼葉對我們發出了他的忠告：

「耳塞不要塞。狼說不定會唱歌。」

就是為了聽見這種句子，我才動身旅行。

然後月亮升起。它幫不上我們的忙，帳篷裡的溫度是攝氏零下三十度。夢都冰凍了。

地球與血肉

凌晨四點，醒來。溫度計顯示攝氏零下三十五度。把自己從睡袋裡拔出來不無愚蠢的成分。

想要不在這樣的情況下冷到，就必須計畫妥當。每個動作都應當精準得宛如視唱（solfège）練習：找到手套，在睡袋裡繫上鞋帶，每樣東西按次序整理好，脫下連指手套以便扣上某條帶子，再迅速裹回手套。只要慢了一點點，冰冷就會攫住一條手腳，只有另一條手腳也冷上了，咬著這一條的寒意才甘願放開。冰冷在體內遊蕩。年復一年，身體永遠不會習慣。但透過執行精確的動作，我們少受了一點苦。木尼葉無數次在埃爾斯米爾（Ellesmere）[25]或堪察加（Kamtchatka）[26]的冬天裡收攏紮營用具，次數多到他如今動作迅捷，似乎沒太被寒意襲擊。理奧也精確地動作著。他比我還快準備妥當，背包扣好了，衣服調整好了。馬希跟我比較含糊沒條理。我們兩個體會到了在冰冷的房間中醒來的痛苦，為終於開始走路而幸福。道家說：「行動戰勝冰冷。」這也是熱力學第一定律（premier principe de la thermodynamique）所表達的。這個早晨，謹遵道家這門中國思想、熱力學這門熱物理學（physique thermique）的指示，我們心悅誠服，開始努力。

我們取道寬闊的山脊，上攀至海拔五千兩百公尺。難以適應環境的我們進展緩慢。

小峰頂是由被結冰期凍裂了的扁平石頭組成的平臺。日出了，小峰頂上，羌塘高原的景致終於綻現開來。羌塘高原是一張長達一千公里的桌子，塵灰裡它顫動著，白色的沼澤為它加上了裝飾。薄霧暈染著天際。如此的空虛中，生命存在，隱蔽。

我想像著從東到西的大橫越。有些地方，它們的名字適合拿來幻想；對我來說，羌塘滿足了此一功能。偶爾，坐擁魔魅的名字會成為繪畫與詩篇的標題。

謝閣蘭（Victor Segalen）[27]憧憬著*Thibet*。他未曾到過圖博；他拼「圖博」的時候多加一個h，寫成Thibet。他在其中看見了淨化精神的深淵[28]。接著，*Thibet*成為他一本集子的標題，這是對一座座抵達不了的心靈故鄉的愛戀告白。*Thibet* 詮釋了日耳曼人所說的 *Fernweh* ——對永遠去不了的天之涯、地之角所湧升的鄉愁。在我腳下，羌塘為來日的冒險提供了它的虛空：這是一座猶待掌握的王國、一塊插著小旗的土地，等人以馬、以縱隊行進，走遍每寸幽深。有一天，我們會直奔它乾枯憔悴的容顏。在這麼高的地方見過了羌塘，我很幸福。我與我永遠不會曉得的事物訂定了堅定不渝的約會。

我們在峰頂停留了兩個小時，沒看見任何動物，連一隻猛禽都沒有。大地上有大坑溝。這表示，中國人曾用推土機爆破這一帶。是不是探礦員？

「這個地區已經被掏空了，」木尼葉說，「跟我老家佛日省那邊一樣。六〇年代的時候，我父親還非常年輕，那時他就已經警告他的同胞了。他有預感災難會來。瑞秋·卡森（Rachel Carson）[29]寫了《寂靜的春天》，控訴殺蟲劑的危害。那個時代，很少人看見危機漸漸浮現。荷內・杜蒙（René Dumont）[30]、康拉德・勞倫茲（Konrad Lorenz）[31]、侯貝・海納（Robert Hainard）[32]：他們對著空氣宣揚理念[33]。我的父親徒然地等待，逐漸心涼了，別人都覺得他是個激進左派分子[34]，他因此生了病——悲傷癌。」

「他在自己的血肉裡受了地球之苦。[35]」我說。

「這樣講也可以啦。」木尼葉說。

我們在一天之內回到了世界的中心——我們的湖。夜色垂落，走了八小時的路以後，我們坐在湖邊。寂靜嗡嗡低鳴。已經暗下來的崑崙山脈親切地護衛我們。高原一片空寂。沒有聲響，毫無動作，亦無氣味。

是一場大沉睡。「道」正休息，湖面烏有波紋。從它的安詳之中，教誨誕生了：

面對萬物攢動，一心默觀他們的回歸。
世間芸芸萬物，終將回歸到他們的根。
歸根，就是安居於平靜自在之中。[36]

我喜歡這具有麻醉功效的奧祕難解。「道」與哈瓦那雪茄一樣，勾勒出溫柔的謎。我們不一定要「求甚解」，麻木昏暈的感受卻與閱讀聖奧斯定（Saint Augustin）[37]的著作一樣滋味盎然。

一神教應該是不會在圖博誕生的。「唯一真神」這樣的主張是在肥沃月彎（Croissant fertile）[38]創生的。畜牧與農耕的民族大規模組織起來。一條條河的河畔，城市出現了。人們再也沒辦法只去割斷公牛喉頭來獻祭母神。如今必須統御集體生活，慶祝莊稼收成，把綿羊收容妥當。

人們創造了一種世界觀，在其中，牲畜備受讚揚。人們發明了一套普世的思想。至於「道」，仍舊是屬於孤獨者的教義，在高原上浪遊。狼的信仰。

「再多讀幾句『道』！」理奧跟我說。

「一切『存有』皆源於此『存有』。」[39]

沒有羚羊衝過來反駁這首詩。

第三部

顯現

此刻，女神。木尼葉打算抵達雜多（Zadoï）。雜多在圖博極東之處，湄公河上游河谷之中。我們將從雜多進入隱伏著倖存雪豹的山脈。

「從什麼倖存？」我說。

「從人類的蔓延倖存。」馬希說。

人類的定義：生物史上最興盛繁榮的品種。人類這個物種，沒什麼威脅得了他：他開墾、建造、擴散。擴散了之後，他開始層疊擠擁。人類的城市朝著天空攀長。「以詩人的方式居住地球」，十九世紀一位德國詩人寫道[1]。一樁美麗的計畫，一泓天真的願望。它終究沒有實現。在一棟棟大樓裡，二十一世紀的人類以共同所有權人的方式居住地球。他大獲全勝，思索自己的未來，覬覦下一個準備收容過剩的人的行星。很快地，「無窮無盡的太空」會成為人類用來傾倒東西的所在。幾千年前，《創世紀》裡那位上帝——祂陷入沉默以前，話語被蒐集了起來——態度很清楚：「你們要生育繁殖，充滿大地，治理大地。」（創世紀第一章第二十八節）[2]。我們不妨合情合理地認為（而不冒犯到那些教士），這項計畫已經完成，地球已經被好好「治理」了一番，是時候讓子宮休息一下了。我們人類有八十億人。雪豹剩幾千匹。人類比的這場賽已經不公平了。

唯有動物

木尼葉與理奧前一年在湄公河右岸住上了一些時日，在一幢佛寺附近觀察各類猛獸。湄公河，單憑它一個名字，就值得這場旅行。一個個名字盪響著，我們無從抵抗，朝它們奔赴而去。好比撒馬爾罕（Samarcande）[3]，好比烏蘭巴托（Oulan-Bator）[4]。對另一些人而言，巴爾貝克（Balbec）[5]就夠挑逗了。有些人甚至會因為拉斯維加斯（Las Vegas）這個名字而顫慄！

「你喜歡地名嗎？」我問木尼葉。

「我比較喜歡動物的名字。」他說。

「你最愛？」

「隼（faucon），我的動物圖騰。你呢？」

「貝加爾湖（Baïkal），我的聖地。」

我們四個人再次登上吉普車，花了兩天反向橫越我們之前來的時候經過的山麓平緩坡地。「車開在全新世（holocène）[6]的沖積坡上」，我楠泰爾大學—巴黎第十大學的地形學教授應該會這麼說。冷空氣霹啪爆響。我們車子揚起的灰霧是冰磧（moraine）的塵埃；數百萬年來，冰川磨碎了冰磧，冰磧沉積下來。地理環境之中，不會有人來打掃。

我們呼吸著火山渣（scories）[7]。天空中瀰漫燧石（silex）[8]的味道。馬希隔著一層牲畜奔跑揚起的塵灰拍攝太陽。她靜靜望向空中，微笑。理奧修理著受了撞擊而磨損的器材，他喜歡運作良好的系統。木尼葉呢喃著動物的名字。

雜多的道路呈現廢墟一片，車了開得非常緩慢。花崗岩起伏著，有氣無力地護衛高原。小徑攀上了兩片骯髒積雪間的山丘：我們為了通過一座隘口而開心。接著，是搖擺顛簸的幾個小時。土地有冷水的氣味。此地沒有雪，因塵灰而發白。為什麼我會與這樣一成不變的景致、如此單鋒刀也似的地勢起伏、如此的暴烈氣候，締結相知相惜的情誼？我生於巴黎盆地，父母讓我熟悉了勒圖凱（le Touquet）[9]的氛圍。皮卡第灰濛濛的天空下，我造訪了我父親出生的村鎮。在引導下，我喜歡上了庫爾貝（Courbet）[10]，還有蒂耶拉什（Thiérache）[11]以及諾曼第的溫柔。我離卜法（Bouvard）與佩曲學（Pécuchet）[12]比較近，離成吉思汗比較遠，可是，在這些山麓的平緩坡地上，我宛如回了家。我來到自己常常宿留的中亞乾草原中央——俄國突厥斯坦（Turkestan russe）、阿富汗帕米爾（Pamir afghan）、蒙古，以及圖博，感覺就像推開自己的門窗。

當風起時，我與故鄉的空氣重逢。兩種解釋。要嘛，我的一個前世，是蒙古的養馬人；我已逝的母親那一雙杏仁眼證實了這套輪迴的假說；要嘛，平伏的地景反映了我的心境。我是神經衰弱的人，需要的是乾草原。這其中恐怕有一套地理—心理學的理論等待建立。人會以自己的性情為準，調校地理的偏好。輕快的心靈會喜歡花朵綻放的草地，冒險的神魂會嚮往大理石的絕壁，黑暗的靈魂會偏愛布雷訥（Brenne）[13]的森林底層（sous-bois）[14]，厚重的生命會鍾情花崗岩的基底。

我們駛上格爾木—拉薩幹線的柏油路之前不久，閃現了一匹狼。牠脖子伸得長長的，沿著斜坡小跑。牠轉過頭來，沒有放慢腳步，確保我們並未朝牠移動，接著轉彎了一個直角。狼，牠從北面穿越公路，往山邊跑去。與此同時，一百多頭野驢衝了出來，疾奔。這是巨大舞臺上綻跳的一齣緩慢芭蕾。每一位的動作都遵循同一份舞譜的軸線：狼小跑，驢疾奔，他們以五十多公尺的距離，與沙茅草（oyat）中僵住了的一群藏羚羊（chirou）、一群西藏瞪羚（*Procapra picticaudata*）[15]擦身而過。每群動物都輕輕拂過了彼此，沒有哪一群去混到別的群裡；野驢一溜煙而去，沒打擾到任何動物。動物的圈子裡，會互相當鄰居，也會彼此忍受，但不會勾肩搭背做朋友。不要全部混在一起：團體生活的明燈。

狼從牠們後方繞道超車，遙遙跑到遠處山腳的平緩坡地上。狼可以一口氣跑上八十公里。這匹狼似乎曉得自己要去哪。野驢們注意牠。牠們之中有幾頭轉動頭頸監視著牠。沒有驢顯得恐慌。在萬般皆是命的世界，獵物與猛獸彼此錯身，互相認識。草食動物曉得，終有一天，牠們之中的一位會經歷這宿命；牠們曉得，這是在陽光下吃草的代價。木尼葉給了我一個沒那麼拙劣的解釋：

「狼以一套攻擊和耗盡獵物力氣的策略來集體狩獵。面對一整群獵物，落單的狼沒辦法造成太大傷害。」

我們逐漸接近湄公河上游。在這個高度，湄公河只是一條彩帶。一個早晨，在一座棲息在與白朗峰（mont Blanc）[16]同高處的黃色小山谷中，一座高掛經幡的農場附近的斜坡上，我們撞見了三匹狼：闖完空門的三個壞蛋。牠們往山脊攀去，最後一匹狼的嘴裡叼著大塊的肉。群狗死命嚎叫，卻沒膽追上前去。狗啊，跟人一樣：嘴上火大，肚裡害怕。

農場的主人站在門邊，看著事情發生，什麼也不做：「該做什麼？是誰的錯？」他們似乎如此說著。那三匹狼跑呀跑，很驕傲，至高無上，逍遙法外，無可質疑，宛若太陽。牠們佇上了山脊，最年幼的狼大口吞嚥著那塊肉，兩頭成年的狼則警戒著，前腳掌緊繃，肋骨隆凸。我們躲在山的另一側，朝著牠們向上攀。等我們爬到斜坡上方，牠們已經消失。一頭鴞（chevêche）拍擊空氣，一隻狐狸尖聲亂叫，瞪羚們正夷平斜坡的草。至於狼，無影無跡。

「牠們撤退了，但沒走遠。」木尼葉悄悄地說。

這是荒野自然的一個好定義：還在那裡，我們卻已看不見。留給我們的，只有對這三名亡命之徒的回憶：牠們慢慢跑著，跑在曙光中、跑在狗群的吠叫裡，最後消失了形影，開拔往接下來的大劫掠。我們回到平地前的十五分鐘，狼群歌唱起來，回應著來自北方的一聲呼喚。

「牠們準備加入狼群。狼有自己的會面點。」木尼葉說。「看見狼，我很震撼。」

「為什麼？」

「蠻野時代的回音。我出生在一個人口過剩、力量耗盡、空間縮減的法國。在法國，一匹狼殺了一頭母羊：畜牧業者示威抗議。標語板高高揮舞：『對狼說不！』」

狼啊！你們別留在法國。這個國家太熱愛管理牲畜了。一支癖愛女子儀隊（majorette）、鍾情酒席宴會的民族，是忍受不了一名暗夜的首領自由自在、尋吃覓食的。

農場主人紛紛回到農場，出腳踢了他們的獒犬。在這地球上，瞪羚衝刺，狼隻漫闖，犛牛亂晃，禿鷲靜靜觀看，羚羊閃人，鼠兔曬太陽，狗則為所有這一切付出代價。

愛在山麓緩坡上 17

海拔將近五千公尺，小徑與蜿蜒在岩石嶙峋高原上的一條支流會合了。石灰岩塔林立小山谷的邊緣。洞窟星羅棋布著這面防禦牆，形成了峭壁上的黑色淚珠。

「這是雪豹的王國。」木尼葉說。

木尼葉想在羊圈裡設置我們的大本營。那個羊圈離我們還有一百公里。

一隻兔猻（chat de Pallas），*Otocolobus manul*，竄現於小徑上方的山尖，一頭亂蓬蓬的毛，犬齒媲美針筒，還有黃色的眼睛；那一雙黃眼睛露綻凶光，沖淡了絨毛娃娃似的友善。這種貓科動物在所有獵食者的威脅下生活。牠似乎怨恨著演化在這般迷人的身體裡賦予牠如此的攻擊性。「不要試著撫摸我，否則我會給你死。」牠奇怪的表情如是說。在牠上方，一頭藍羊佇足山脊，羊角的螺旋嵌在山脊的凹凸之間。就這樣，動物們留心著世界，正如鐘樓高處的滴水嘴獸[18]監視著整座城市。我們經過牠們腳下，渾然無知。整天就是重複同一套體操：我們發現動物，我們衝出車外，我們匍匐前進，我們拿器材瞄準動物。我們才剛就位，所有動物已經消失。

我沒膽跟理奧報告我的結論，但結論很明顯了：木尼葉與馬希相愛。靜默、不表明地，愛著彼此。他，高大、恍如雕像，握有閱讀天地的祕鑰，敬重這一位輕快靈活、不隨意坦露心跡的女孩。她，韌性十足，沉默寡言，仰慕他這位曉得諸般祕密，但不刺破她的祕密的男人。她與他是廁身美麗、高等的動物之中的，兩尊希臘的年輕神祇。看見他與她在一起，我很幸福；就算氣溫是攝氏零下二十度，就算他與她臥倒在荊棘叢中。

「相愛，就是動也不動，一個待在另一個的身邊，就這樣度過幾個小時。」我說。

「我們倆就是為了蹲點等待而生的。」馬希肯定道。

這個早晨，她拍攝了兔猻，木尼葉仔細觀察山的皺褶，看看是哪一隻小鼠兔準備要死在鬥獸場。

就這樣，對人類凌辱自然感到厭惡的木尼葉，對自己的同類仍然蘊有幾縷深情。他將真情保留給明確的、能輕易辨認的對象。我佩服他這麼目標精準地運用愛。一種誠實的愛的用法。

木尼葉雖然非常仁慈，卻不會說自己是人道主義者。比起鏡子中的人，他更喜歡雙筒望遠鏡眼環裡的動物；他不會把人類放在生物金字塔的頂峰。他知道，我們這個物種最近才來到地球這座大家屋，卻自居為統治者，透過把不是人類的一切全幹掉來鞏固自己的榮耀。

我這位夥伴對抽象的人類概念並不獻上愛意，他愛的是真真實實的對象：在這裡，動物，以及馬希。肉，骨，毛，皮：在心生感情以前，他先要有個什麼東西在手邊。

愛在森林裡

我也愛過一個人。愛情恪盡職守：其他的一切都消失了。她是一個溫和的白皮膚女孩，住在朗德省（Landes）[19]的森林裡。傍晚，我們在林蔭道散步。一百五十年前栽種的松樹已經占領了沼澤，在沙丘後方欣欣向榮，發散著辛辣又溫暖的味道：世界流的汗。一條條小徑是輸送帶，我們在上面平穩靈活地前進。「必須以蘇族（Sioux）[20]的方式生活。」她說。我們撞見一頭頭動物，一隻鳥，一頭狍子。一條蛇溜走了。古代（Antiquité）[21]的人——大理石的肌肉，潔白的眼睛——在動物如此這般迸湧而出之中，看見了神的顯現。

「牠受傷了，沒辦法逃，牠發現牠了，牠會死掉。」好幾個月，我聆聽著這類的句子。那個傍晚，一隻流浪蜘蛛（araignée errante）——「一隻狼蛛（lycose）」，她說——將一隻天牛從一根蕨類的莖後挖了出來。「牠會為牠注入劑量致命的毒液，牠會吞了牠。」她跟木尼葉一樣，很懂這類事情。是誰灌注給她這些直覺的？這是古時候的知識了。有些人就算沒有完成學業，大自然的智慧仍然充盈、感孕著他們。他們是通靈人，識透萬物間怎麼布置安排的一個個謎；與此同時，學者還在研究這座宏偉建築的其中一個房間。

她在灌木叢裡閱讀。她理解鳥，理解昆蟲。沙茅草拂開的時候，她說：「這是花朵對著它們的神——太陽祈禱。」她拯救被小水溝的水沖走的螞蟻、被荊棘絆住的蝸牛、翅膀受傷的鳥。在一隻金龜子前，她說：「這是紋章上的幾何圖案，牠值得我們崇拜，牠鑲嵌在遊戲之中。」有一天，在巴黎聖塞弗杭教堂（Église Saint-Séverin）的廣場，一隻雀鳥棲落在她頭上，我捫心自問：我配得上一位鳥類將她當成枝椏棲息的女人嗎？她是女祭司，我追隨著她。

我們曾在傍晚的森林生活。她的養馬場在朗德省占地十餘公頃，位在一條小路的西側；車輪的印痕對她來說，似乎是隱居生活最好的保障。她在森林邊界的後方整理了一棟松木小屋。一泓小池塘構成了這塊土地與房屋的軸心。綠頭鴨在池塘休息，馬在池塘喝水。周遭，濃密的草刺穿了動物們踩啊踩的沙地。小屋裡全部的設備：一座暖爐、一些書、一把雷明登700步槍（Remington 700）、泡咖啡的器材、一面喝咖啡時使用的遮雨篷、一套散發植物汁液氣味的馬具。一條法國狼犬（bas-rouge）守衛著這方王國，牠靈敏矯捷，跟貝瑞塔92手槍（Beretta 92）的擊錘[22]一樣蓄勢待發；面對有禮貌的人，牠則會展現愉快的心情。牠會殺了第一個不速之客。我逃脫得千鈞一髮。

偶爾，我們會坐上沙丘。海洋脈動著暴狂，浪濤永不倦厭，破碎崩塌。「海洋與大地之間一定有古老的糾紛。」我說著類似這樣的話，她沒有在聽。

我把鼻子埋入她散發黃楊氣息的頭髮中，聽她細細闡述她的那些理論。人類在幾百萬年前出現在地球上。飯桌擺設妥當了，森林鋪好了，動物晃闖遊蕩，人類不請自來。新石器革命與所有革命一樣，敲響了恐怖統治的鐘。人類宣布自己是生物中央政治局[23]的老大，空降到層峰，想出一大堆教條來合理化自己的支配統治。所有人都捍衛著同一樁利益：他自己。「人類就是上帝的宿醉！」我說。她不喜歡這些說法。她罵我專講些沒屁用的話[24]。

在圖博的沙丘上，我跟理奧述說的想法，也是她啟蒙我的。動物，植物，單細胞生物，新皮質（néocortex）[25]，這些都是同一首詩的碎形（fractale）[26]。她跟我說起了太初的濃湯[27]：四十五億年前，一團基本的材料在水體中翻騰攪動。「一切」早於「部分」。在這饔湯之中，有個什麼誕生了。一次分離發生了，然後，形式分歧了，各自各自複雜起來。她敬愛一切動物，視牠們為同一面鏡子的破片。她拾掇一根狐狸的牙，一綹鷺（héron）的羽毛，一塊烏賊的喙；凝視著她的這些碎片[28]，她呢喃：「我們都起源於『同一』。」

沙丘上，她跪著，說：「牠會回到牠的隊伍裡，牠被佛甲草（orpin）的汁液吸引了，其他成員則輕輕鬆鬆就走了過去。」

這次是一隻螞蟻。牠朝一個黃色的蓓蕾拐了彎，然後回到螞蟻的行列中。對動物這些不值一哂的零瑣，她的無限柔情從何而來？「從牠們願意圓滿事情，」她說，「從牠們精確無比。我們其他人，並不認真。」

夏日，天空湛藍。風凌亂著波濤，白色的泡沫誕生在渦流中。空氣溫熱，海洋瘋狂，沙地嫩軟。海灘上橫陳著一條條人的身體。法國人變胖了。各種螢幕惹的禍？六〇年代開始，各個社會都坐了下來。自從模控學（cybernétique）[29]帶來了劇變，圖像就在靜止不動的身體前輪番播放。

一架飛機飛過天空，機尾拖著一幅婚外情網站的廣告。「大家應該會想像，機師飛越海灘，看見自己的老婆跟在這網站邂逅的一位先生躺在一起。」我說。

她凝望海鷗在風中衝浪，風持續推送緩緩的波濤。陽光劇烈。

我們踏著柔軟的小徑回到小木屋。此刻，她的頭髮聞起來像教堂的蠟燭。對她來說，森林輕響著意義豐繁的窸窣聲。樹葉就是一整套字母。「鳥類不會為了虛榮而啁啾宛轉，」她說。「牠們鳴唱愛國歌曲或是小夜曲：我在我家，我愛你。」我們進到小屋中，她開了羅亞爾河谷的葡萄酒，那是一支屬於沙子、屬於薄霧的酒。我暢飲欲死，這澄紅的毒液腫脹了我的靜脈。夜在我體內升起。一頭倉鴞（chouette effraie）尖聲嘶鳴。「我認得牠，牠是附近在地的，牠是夜晚的精魂，死掉的樹的總司令。」這是她的一項執著：重新分類生物，揚棄林奈（Linné）[30]以親緣遠近為依歸的結構方法，改採一套橫跨類別的秩序，不分動物與植物，以性情來分類。因此就有貪吃的天賦——鯊魚與食肉植物共享此一天分；有彈跳的才華——這是蠅虎（araignée sauteuse）[31]或袋鼠的特質；有長壽的異稟——此乃烏龜或巨杉（séquoia）[32]的正字標記；有隱藏的天才——由變色龍或竹節蟲體現。這些生物被賦予了同樣的才能，這個時候，牠們並不隸屬同一門[33]就沒什麼大不了的。她由此推斷，一頭杜鵑鳥與一隻吸蟲（douve），牠們雙雙通曉鑽營的技藝，也都對自己的苦主有洞察入微的掌握[34]，牠們彼此之間，也就比牠們和各自親族某些成員相比還來得更像同類。在她眼前，生物世界展現了琳瑯滿目的戰爭策略、愛情策略，以及行動策略。

她起身將馬引導進馬舍。那是一幅前拉斐爾派（préraphaélisme）[35]的圖景：一位緩慢、強硬、明亮、精確的女人走在月光下，後面跟著她的貓、一頭鵝、一群沒有戴上籠頭的馬，還有一條狗。諸般璀璨的星座之下，還差一頭豹。一眾成員魚貫行走，抬頭挺胸，沒有摩擦，沒有聲響，不相碰觸，成一無瑕直線，完美保持距離，對要去哪裡胸有成竹。一支井然有序的隊伍。牠們的女主人哪怕顫動得再怎麼輕微，動物們都會像一道道彈簧一樣開始動作。她是亞西西的聖方濟各（Saint François d'Assise）[36]的姊妹。如果她信上帝，她會加入貧窮與死亡的修會，一種屬於夜晚的、神祕主義的共產主義，成員不透過神職人員，而直接對上帝說話。再說，她與動物契闊談讌、交誼來往，這本身已是一種祈禱。

我失去了她。她不想要我，因為我拒絕毫無保留、毫無選擇地，委身愛戀大自然。我們原本會在一塊廣袤的地產上、一座深邃的森林裡，專為凝賞動物而留的一間小屋或一座廢墟之中生活。幻夢消逝了，我望著她逐漸遠離，她的離開與她邁步前行的時候一樣輕輕緩緩，夜幕垂落森林，她的動物翼護在她的身邊。我重新上了路，增加著旅行，跳下飛機趕搭火車，在一場又一場的分享會上，（用自信不凡的語調）尖聲叫嚷人類最好不要再躁動不安了。我踏遍地球；每次我邂逅一頭動物，朝我顯現的，都是她消逝的容顏。我四處追蹤著她。在莫澤河畔，木尼葉跟我談起雪豹時，並不曉得他是在邀請我與她重逢。

如果我遇見雪豹，我唯一的愛就會顯現，與雪豹合而為一。我將每一次的邂逅都獻給那散亂凋零的，我的愛的回憶。

一隻貓在峽谷裡[37]

雜多已在車後頭。海拔四千六百公尺之高處，小徑穿越了一座峽谷。我們來到了巴坡（Bapo）的羊圈，就在湄公河左岸，從岸邊往裡走五百公尺的地方。之後，我們將把這裡命名為「雪豹峽谷」。三間跟海灘小棚房一樣大的抹灰籬笆破屋，扼守喀斯特地形（karst）[38]蝕出的壁間隘路[39]的入口。白色的峰脊蔓延著絳紫色的地衣，以超過五千公尺之高傲視左近群山，朝動物們吃草的廣大坡地敞開。結凍的水流在峭壁間浮現，勾勒出三個彎，然後流進湄公河。我們走了二十分鐘的路抵達河岸；馴養的犛牛每天早上都到河岸來，夢想能找到比前一天更豐美的草場。

沒有自來水，沒有電，沒有暖氣。風灑落宛如牛哞的鳴嚎。狗群無微不至地警戒著。小徑從河岸邊坡下方經過，與河平行，偶爾為我們帶來一次拜訪。犛牛牧人的吉普車帶來了離開雜多，到五十公里以東的現代世界遠行察考的希望。

游牧民族的家庭在這過冬，他們在一個個攝氏零下二十度的夜晚稱王，統治著兩百頭犛牛，等待春天歸返，等待大風止息。懸崖絕壁為雪豹構造了天堂。洞窟提供了皺褶凹窩。犛牛與藍羊提供了食糧。至於人類，人類可不會賣弄聰明。我們四個人要一起在這裡住上十天。

三個孩子跟馬鞭一樣乾瘦。他們的神經質護佑他們免受零下的氣溫傷害。六歲的貢巴（Gompa）與他的兩個姊姊——眼睛又大又長、一嘴雪白牙齒的吉索（Jisso）與迪嘉（Djia），一起在黎明時趕牲畜上高山牧場，向晚時分再帶牠們回營寨。狂風中，他們帶領身形是他們六倍大的動物踏遍整座山脈，就這樣度過一天。他們十歲的人生裡，都已至少見過雪豹一遭。圖博語裡，雪豹喚作「颯阿」（Saâ），孩子們發音時不忘縱聲高喊，發一個感嘆詞似的，並做出大大的鬼臉，食指收攏嘴巴前，比畫出豹的尖牙。這樣的孩子，我們沒辦法用夏爾・佩侯（Charles Perrault）[40]的童話打發他們睡著。偶爾，在湄公河上游的河谷，雪豹會抓走一個小小孩，三個孩子的父親說。

五十歲的一家之主——多傑（Tougê），將最小那棟房分給了我們。這棟屋子滿足了一項精準扼要的豪奢：大門朝著動物遊蕩出沒的峭壁敞開。狗群領養了我們，一座爐子溫暖了房間。營地前頭，河水在一天陽光最熱的時候，流動一個小時。偶爾，孩子會來拜訪我們。寒冷、靜默、孤寂的時光，不變的風景，石頭的天空，礦物的秩序，零下的氣溫：勢必穩定的日子。我們出運了。

我們的光陰在咬牙前進與冬眠的時間中達成了平衡。

晚上，我們拜訪住在鄰近棚屋裡的一家人。木板門後是一片昏暗未明的溫暖。一家之母攪打著酥油茶，將寂靜敲出了節奏。在圖博，起居室是熱呼呼的肚子，緩和了下冰珠（grésil）的日子。一隻貓眠夢著，牠的血脈裡伏藏著豹沖淡了的基因：因為選擇了溫暖地呼呼大睡，牠再也不會知道宰掉一頭犛牛的快感。牠的遠親——猞猁，繼續在野外生活，與其昏昏沉沉，寧願風雨兼程。一尊貼金的佛像在油燈的微渺光芒中流輝溢彩；空氣嗡嗡低鳴，麻木著我們，讓我們忍受得了彼此瞧著，同時一個字也不說。我們什麼都不欲求。佛陀贏了：祂的虛無主義為我們灌注了昏沉。一家之父撥轉著念珠。時光流逝。我們對時光虔誠，靜默就是標誌。

早晨，我們踏上峽谷的路途。木尼葉將我們安排在一塊岩層上或一面山脊的頂峰，居高臨下著谷壁間的隘路。有時，我們會分成兩隊，木尼葉帶馬希去到鄰近的地勢皺褶裡。遠處，湄公河編織著白色的頭髮。我們等待牠顯現。就是為了牠，我們來到這邊：雪豹，「once」是牠的學名[41]，牠是效忠這座峽谷的女皇[42]，我們前來瞻仰牠的公開現身。

藝術與動物

世間剩五千隻雪豹。統計上我們得出，穿著毛皮大衣的人類還比較多。從阿富汗帕米爾到圖博東部，從阿爾泰山脈（Altaï）[43]到喜馬拉雅山脈，雪豹伏藏在中央眾山脈間。雪豹分布的疆域重合了高亞洲歷史上冒險的版圖。蒙古帝國的擴張，恩琴－史登伯格男爵（baron Ungern-Sternberg）[44]精神病般瘋狂的進襲，聶斯脫里派（nestorianisme）[45]教士橫越塞林迪亞（Sérinde）[46]的途程，蘇聯對其偏遠地帶下的工夫，伯希和（Paul Peillot）[47]在突厥斯坦（Turkestan）[48]的考古遠征：這些行動涵蓋了雪豹的疆域。人類在雪豹的版圖裡表現得像是非常值得稱道的野獸。木尼葉他呢，四年來在雪豹領地的東方邊界徘徊巡行。在這塊有歐亞大陸四分之一大的域地要瞥見牠的一個影子，機會素來渺茫。為什麼我這位夥伴不是專攻人像攝影這門前程似錦的行當呢。十五億中國人，對上五千隻雪豹：他這個少年仔自找麻煩。

禿鷲輪番飛舞。牠們是安魂曲的衛哨。山脊最先接收陽光。一頭隼在小山谷灑落牠的祝福。這些食腐的飛禽輪流監視，令我迷醉入神。牠們留心著地球上是否一切順利；也就是說，死亡是否帶走它該帶走的那些動物，並提供牠們份內的配給。下方，斜削峽谷的險峻斜坡上，犛牛嚼著草。理奧臥倒在草裡，蹲著他平靜又冰冷的點，用望遠鏡細細觀察每一面岩壁。我比較不細心。耐性有其極限，我耐性的極限就到小山谷為止了。我為每種動物各自賦予了王國中的社會階級。雪豹是女攝政王[49]，牠隱沓不可見，這證成了牠的地位。牠掌權執政，也就不必現身。狼呢，以叛逆王子之姿遊蕩尋食。犛牛是穿得暖呼呼的肥胖中產階級，猞猁是火槍手，狐狸是鄉下的小貴族，藍羊與野驢則是平民百姓的化身。猛禽呢，象徵教士，牠們是蒼穹與死亡的主宰，高深莫測。萬一有什麼壞事臨到我們頭上，這些身披羽衣的神職人員可是樂觀其成。

峽谷蜿蜒在被洞窟鑿穿的一柱柱岩塔、被陰影刺破的一座座拱門之間。陽光中，風景鎏閃著銀色的輝澤。沒有樹，沒有草原。要想風物溫和，海拔還得下降。

山脊永遠阻止不了風。狂風布置著雲朵，支配著泛白的照明光線。這是為巴伐利亞國王路德維希二世（Louis II de Bavière）[50]打造的布景，由一位熱愛幽靈的中國雕刻匠描繪而成。藍羊與金色的狐狸穿梭在斜坡上，橫越薄霧，圓滿了整體創作。地質構造、生物學，以及毀滅，這三者三管齊下，在數百萬年前創作了這些繪畫。

風景是我的藝術學院。為了欣賞形式之美，眼睛必須接受教育。學習地理學給了我打開沖積平原與冰河槽谷的鑰匙。羅浮宮學院（École du Louvre）想必能啟蒙我弗拉芒巴洛克藝術（baroque flamand）[51]與義大利手法主義（maniérisme italien）[52]的微妙差別。我不覺得人類的作品遠勝地貌的卓越非凡，翡冷翠一眾聖母像亦並不壓倒藍羊的優雅。對我來說，木尼葉與其說是攝影師，更像一位藝術家。

豹與一眾貓科動物，我都只見過藝術家筆下的形象。哦，畫作啊！哦，季節啊！羅馬時代，豹在帝國的南方邊境遊蕩走闖，象徵東方的精魂。克麗奧佩脫拉（Cléopâtre）[53]與豹共享邊境女王的頭銜。在瓦盧比利斯（Volubilis）[54]、帕邁拉（Palmyre）[55]以及亞歷山大港（Alexandrie）[56]，鑲嵌藝師將各式各樣的動物迤邐在地面上，豹與大象、熊、獅子、馬圍著圈圈，跳起奧菲斯教（orphisme）[57]的舞。斑點的圖樣——「斑斕的袍子」，西元一世紀的老普林尼（Pline l'Ancien）[58]如是說——是力量與快感的紋章。普林尼自信知曉「這種動物對愛充滿了激情」[59]。一頭豹走過。羅馬人看見的是一張地毯，他們跟女奴隸在上面翻滾纏綿。

一千八百年後，貓科動物讓浪漫主義畫家深深痴迷。一八三〇年代的巴黎沙龍裡，復辟時期的公眾初窺牠們的野性。德拉克洛瓦畫出了阿特拉斯的猛獸[60]噬咬著馬匹的頭胸。他發表了一張張暴狂、肌肉賁張、煙霧繚捲的畫作，儘管顏料厚重，塵灰仍在畫中栩栩如生地飛揚。浪漫主義揙了古典風格的節制一個巴掌。雖說如此，德拉克洛瓦還是成功畫出一頭休息中的老虎，牠的力量在大開殺戒前垂軟放鬆。繪畫將自己獻給了殘暴野蠻，變革了昔日的聖母像。

尚－巴蒂斯．柯洛（Jean-Baptiste Corot）[61]畫了一頭比例怪異的豹，牠身上騎著幼兒樣貌的巴克斯（Bacchus）[62]，走向一個女人[63]。這幅彆扭得相當詭譎的畫揭露了男人的一種恐懼。男人害怕曖昧，一點都不喜歡一頭呼嚕低吼的猛獸與一個小寶貝、還有一個肥胖的酒神女弟子玩耍耍[64]。這是因為，女人很危險。我們再怎麼謹慎都不為過。透過豹，藝術家瞄準著致命的仙女、穿高筒靴的處女、殘酷的維納斯！眾所周知，肉食的女人一口就能輕鬆吞吃男人，所以必須提防她們的美。大仲馬筆下的米萊狄（Milady）就是這種女人。有一天，她被她小叔侮辱了，就「發出一聲低沉的咆哮，直退到房間一角，好似一頭意欲退到極限以猛然前撲的豹[65]」。

美露莘（Mélusine）[66]的傳說啟發了世紀末。比利時的費爾南・諾普夫（Fernand Khnopff）[67]——半是乞靈於夢、半是象徵主義——在一八九六年一幅祕奧難解、題為〈愛撫〉的畫作中，表現了一隻擁有女人頭顱的豹，正溫存著已顯蒼白的愛人。我們不敢想像這個少年仔的命運。

前拉斐爾派藝術家將豹請進他們奔淌洩流的創作裡。輕解羅衫的公主或筋疲力竭的半人神走在似糖如蜜的光線中，豹翼護身旁，像披著斑點毛皮的模型。這些畫家讚頌著圖樣獨一無二的美。埃德蒙・杜拉克（Edmund Dulac）[68]或布烈顛・瑞維耶爾（Briton Rivière）[69]將豹弄成床前小地毯，為的是要招引超絕有型的夢境降臨。

接著，豹的力量又縈迴纏擾新藝術（art nouveau）[70]諸大師的心。豹這個物種超卓無疵，與肌肉和鋼鐵的美學一拍即合。茹夫（Jouve）[71]將豹繃得緊緊的，像一張弓。豹成了一種武器。還更好！成了一輛保羅．莫朗（Paul Morand）[72]的賓利轎車。豹象徵完美的行動，沒有憐憫、不生摩擦。與美洲豹相反，牠不會一頭撞上樹。憑著林布蘭．布加迪（Rembrandt Bugatti）[73]與墨錫思．普侯斯特（Maurice Prost）[74]絕頂精工的雕塑，豹從演化的實驗室裡走了出來，有資格在一九三〇年代一名褐髮女仕的腳邊盤捲成團；女仕呢，則在她小小尖尖的乳房前擺弄著那盞香檳。

一百年後，「豹」這個圖案招搖在手提包以及帕拉瓦斯萊弗洛特（Palavas-les-Flots）[75]的壁紙上。每一年代都有其高雅，每一時期都盡其所能。我們這個時代穿著三角褲做日光浴。

豹對藝術的貢獻，木尼葉並非無動於衷。他自己呼朋引伴著猛獸。單調乏味的人指責我們這位朋友禮讚純粹之美、且唯獨禮讚如此的美。在一個焦慮的、道德為尚的時代，這被認為是一宗罪。「要傳達的訊息呢？」人們跟他說，「冰山的融化呢？」木尼葉的書裡，狼凌浮在北極的虛空中央，丹頂鶴互相織纏、翩翩起舞，輕盈一如雪花的熊隱沒在霧氣後方。沒有被塑膠袋窒息的烏龜，唯有動物盛放在自身的美裡。我們差一點就相信自己置身伊甸園。「大家討厭我唯美了動物世界，」他辯解。「可是災難的見證已經夠多了！我追捕美，我致敬美。這是我捍衛美的方式。」

每一個早晨，在小山谷中，我們等著美蒞降這方至福樂土（les Champs-Élysées）。

第一次顯現

我們知道牠正漫遊。有時候，我看見了牠：只是一方岩石，只是一朵雲。我活在對牠的等待之中。彼得・馬修森在一九七三年遠行尼泊爾，從未邂逅雪豹。有人問他是不是見到牠了，他回答：「沒有！這不是很棒嗎？[76]」呃，當然不啊，我親愛的彼得！這沒有「很棒」。我完全不了解為什麼人有辦法對挫折感到慶幸。那是精神勝利法。我想見到雪豹，我是為了牠才來的。因為牠的顯現將是我對離別我的這位女人獻上的禮物。還有，儘管我的禮貌，也就是我的口是心非，讓木尼葉相信我只是因為仰慕他的攝影作品才跟他一起來，我還是渴望著一頭雪豹。我有我的理由，它們只屬於我。

三位朋友用望遠鏡仔細觀察現場，一刻也不休歇。木尼葉有辦法檢查峭壁檢查個一整天，一公分、一公分詳加審視。「我只要在岩壁上發現一絲尿痕就夠了。」他說。抵達峽谷的第二個傍晚，我們返回圖博人營地的時候，遇見牠了。木尼葉認出了牠，就在離我們一百五十公尺處，正南方。他將單筒望遠鏡遞給我，明確指示我要瞄準哪裡，但我花了好長一段時間才發現牠，換句話說，才弄清楚我正在觀看什麼。這頭雪豹明明單純，活生生，龐大魁梧，卻是一種我從未見過的形態。我的意識要花上一些時間去接受它不認識的事物。眼睛接收了朝它正面撲來的影像，理智卻拒絕承認。

牠休息著，臥在一面已經昏暗的絕險峭壁之腳，隱伏在灌木叢中。下方一百公尺，峽谷的小溪蜿蜒。我們很可能經過牠身旁一步之遙，渾然不見。這是一場宗教性的顯現。如今在我心中，這夢幻的一幕，它的回憶蒙披了一層神聖的色彩。

牠抬起頭，嗅著空氣。牠承載著一身圖博風景的紋章學。牠的毛皮——金與青銅的細木鑲嵌，屬於日，屬於夜，屬於天，屬於地。牠披起山脊，披起積雪，披起峽谷的陰影，披起蒼穹的水晶，披起山壁的秋光與永恆的雪，披起斜坡的荊棘與艾屬（armoise）灌木叢，披起暴風雨和銀色烏雲的祕密，披起乾草原的黃金與冰霜的屍衣，披起摩弗侖野綿羊的臨終，披起岩羚羊的鮮血。牠活在世界的濃密毛皮底下。牠穿上了各種「表現」（représentation）[77]。雪豹，雪之精魂，牠穿上了地球。

我以為，是牠隱藏在風景中。風景在牠顯現時，消逝化為無。憑依一種媲美電影裡鏡頭拉遠（zoom arrière）的視覺效果，每一次我的目光棲上牠，周遭的景色就後退，接著漸漸全消失在牠臉孔的線條中。牠生於這面地層，成為山，又從中而出。牠在此，世界就解消。牠體現了古希臘的 *Physis*、拉丁文的 *natura*，海德格為之下了宗教性的定義：「從己身湧出，並如此顯現」[78]。

總之，一隻披著斑點的大貓從虛空中湧出，占據了牠的風景。

我們待到夜深。雪豹半夢半醒，不受一切威脅侵擾。其餘動物像是活在危殆裡的可憐生命。朝馬輕輕一動，馬就劇烈踢腿；聽見微弱聲響，貓就拔腳開溜；聞到不明氣味，狗就猛然起身；昆蟲逃向牠匿藏的所在；草食動物懼怕背後的風吹草動；人類自己呢，進到一座房間時絕不忘看看各個角落。妄想症（paranoïa）是生命的一種先決條件。然而，雪豹確定自己是絕對至上的。牠在休息，牠澈底放鬆，因為牠無上不可及。

在雙筒望遠鏡中，我看見牠伸伸懶腰，然後又臥了下去。牠統治自己的生命。牠是這個地方的真言。牠單單只是在場，就已意味著牠的「權力」。世界是牠的王座，牠充滿牠所在之處。牠體現了「國王的身體」這一個祕奧難言的概念。一名真正的君王，其存有即足矣。他不必行動，毋庸出場。他的存在就是他的權力基礎。民主政體的總統呢，則必須不停拋頭露面，是一名圓環上炒熱氣氛的主持人。

五十公尺外，犛牛吃著草，不憂不懼。牠們擁有無上的幸福，因為牠們並不知道牠們的獵食者潛伏在岩堆之中。沒有獵物心理上承受得了自己命懸一線。忽略掉危險，生命才過得下去。生命來到世界上，都戴著屬於自己的眼罩。

木尼葉把最強大的望遠鏡遞給我。我細細觀看雪豹，一直看到眼睛在寒冷中漸漸乾澀。那張臉孔的線條宛如力線（ligne de force）[79]，匯聚在口鼻處。牠轉過頭來，正臉對著我。那對眼睛凝視著我。兩球輕鄙的、灼燒的、冰霜的水晶。牠直起身子，將頭胸轉向我們。「牠發現我們了。」我想。「牠會做什麼？撲過來？」

牠打了哈欠。

這就是人類對圖博的雪豹造成的效果。

牠背過身子，伸了伸懶腰，然後消失。

我把望遠鏡還給木尼葉。自我死去以來，這是我生命中最美的一天。「我們在這裡看見雪豹以後，這座小山谷就再也不一樣了。」木尼葉說。

他啊，也是個保王派（royaliste），相信一個現場若蒙「存有」佇足，就會發生質變[80]。我們在夜色中下山。我盼望這個幻夢般的景象，我終於獲得了它。雪豹現身，感孕豐繁了這個地方；從此，在這裡，再沒什麼與昔往等量齊觀了。在我內心深處也是。

臥倒在時空之中

從那以後，每個早晨，在圖博人營地方圓六公里以內，我們攀登著高地。我們知道牠就在其中，我們還能瞥見牠。每一天，我們踏遍山脊，付出與狩獵旅行（safari）的獵人不相上下的力氣。我們行進，尋索蹤跡，我們埋伏。有時候，我們會分成兩隊，用無線電聯繫搜尋成果。再小的動作，我們都追蹤。一隻鳥的飛行可能就足夠了。

「去年，」木尼葉述說著，「我對看見雪豹已經不抱任何希望了。我折疊著蹲點的器材，這時，一隻大烏鴉在山脊上發出警報。我留下來觀察牠，忽然，雪豹現身。烏鴉通知了我。」

「人要有怎樣詭異的心靈活動，才會去朝如此的生命當頭開上一槍？」馬希說。

「獵人的論點，是『對自然之愛』。」木尼葉說。

「該讓獵人進博物館嗎，」我說。「憑著『對藝術之愛』，他們會撕爛一幅維拉斯奎茲（Vélasquez）[81]。可是，憑著對自己的愛，奇怪了，他們倒滿少人朝自己嘴裡開一槍的。」

那幾天，光是一天之中，我們就為馬希的鏡頭、木尼葉的底片、我們自己的眼睛、我們唯一無二的記憶、我們的感悟啟發，積累了幾百幀如夢似幻的場景。也許是為了我們的救贖吧？誰最先看到動物，就通知其他人。瞧見動物的瞬間，安寧在我們心中升起，一道顫慄雷擊般激動我們。興奮與圓滿，兩種情緒地北天南。邂逅動物令人重返青春。眼睛捕捉到一縷閃爍之光。動物是鑰匙，通往一扇門。門後面，無可言傳。

這些靜候祕觀的時光與我旅行者的步調互為悖反的兩極。在巴黎，我蒐羅著零亂的興趣。「我們太匆匆的人生，」一個詩人曾說。在這裡，峽谷之中，我們細密審視風景，不一定有所收穫。寂靜中，面對虛空，我們等待一個影子。這與廣告承諾（promesse publicitaire）[82]背道而馳：我們忍受著寒冷，成果卻是未知。與「全都要，馬上要」這一種現代癲癇病相背反的，是蹲點靜候的「恐怕沒，永遠沒」。盼待那一絲渺茫，就這樣度過一整天，啊，這豪奢！

我發誓，一旦回到法國，我會繼續實踐蹲點等待。完全不必身處海拔五千公尺的喜馬拉雅山脈中。這項無處不可實行的練習，它的偉大之處在於它總是給出我們要它給出的。自己房間的窗邊，一間餐廳的露天雅座中，森林裡或水之畔，有人為伴或孤身坐凳，只要睜大眼睛，等待著什麼閃現就好。這個「什麼」，如果我們沒有維持在埋伏窺伺的狀態裡，就永遠不會注意到。就算什麼都沒發生，逝去時光的品質仍藉著有所指向的注意力，獲得了提升。蹲點靜候是一套操作方式。該把它變成一種生活風格。

懂得消失是一門藝術。木尼葉為此鍛鍊了三十年，將「消解自我」與「遺忘其他」渾融於一。他懇求時間為他帶來一樣旅行者懇求行旅帶給自己之物：存在的理由（raison d'être）。

我們埋伏窺偵，空間不再流轉。時光一點一點、一點一點敷設著微妙差異。一頭動物來了。是顯現。期待是有用的。

我的這位夥伴等待過拉普蘭（Laponie）[83]的麝牛（bœuf musqué）、北極狼、埃爾斯米爾的熊、丹頂鶴。他在雪中凍傷了腳趾，他日以繼夜守著崗位，恪遵狙擊手的準則：看輕痛苦，忽視時間，拒向疲憊屈服，永不懷疑結果，亦從不在欲求的物事到手之前撤退閃人。

卡累利阿（Carélie）[84]的喬木林中，芬蘭軍隊的神射手在一九三九至一九四〇年的戰爭[85]人數落居劣勢，卻仍舊遏止了蘇聯軍隊。他們在戰爭裡運用了在寒冷森林中狩獵的技術。他們其中的一小撮人悄然遁入北方針葉林，在攝氏零下三十度的氣溫中蹲點靜候那些蘇聯共產黨徒，食指扣在一把狙擊步槍——非凡的M28步槍，它的扳機上。為了不要呼出蒸氣，他們嚼著雪。他們移動，埋伏，在某個俄國裝甲兵的頭上打進一顆子彈，消失，再開火，察覺不到，轉瞬即逝，因此真正危險。他們將森林變成一座地獄。

他們之中，最有名的一位是席摩．海赫（Simo Häyhä），這位身高一百五十公分的矮個子士兵在冰凍的森林中殺了超過五百名蘇聯紅軍。人們為他取了綽號：「白色死神」。有一天，他被一個蘇聯狙擊手標定了位置。莫辛－納甘M91／30步槍（Mosin-Nagant M91/30）的子彈奪走了他的下顎；遭到毀容的他，仍舊挺過創傷，活了下來[86]。

芬蘭狙擊手們自詡瀟灑不羈，百折不撓，心寧如鏡：冰冷野獸的美德。芬蘭文中，*sisu*這個詞結合了堅忍恆定與耐力抵抗這兩種品質。怎麼翻譯它？「精神上自我犧牲」、「忘我」，還是「心理抵抗力」？人類英雄精神的目錄之中，從亞哈（Achab）船長追捕他那條白鯨[87]以來，還沒有人能像芬蘭狙擊手一樣，如此透澈地具現了全心指向唯一目標的人的形象。

木尼葉跟一名芬蘭狙擊手一樣隱匿無跡、耐心盈滿。他活在*sisu*之中。但他並不殺戮，並不針對、加害任何人，還沒有哪一位社會主義分子朝他開上一槍。

法國軍隊中，第十三龍騎兵傘兵團（13e régiment de dragons-parachutistes）精通偽裝的藝術。龍騎兵滲透敵方的領土，監視各種行動。他們與環境合而為一，不製造丁點垃圾，不散發任何氣味，一整天又一整天待在崗位上。穿著偽裝服、鏡頭上纏繞著卡其色破布的木尼葉，好似這些龍騎兵——冷杉人、岩石人、矮牆人——的其中一位。有個顯著差別：圖博的豹與北極的狼擁有比好戰的回教徒[88]更為精良的感覺裝備。

有時候，沉浸在*sisu*的練習中，臥倒在木尼葉身旁的我，會做起愚蠢的白日夢：我想像一名龍騎兵傘兵埋伏在森林中的空地。一對戀人忽然跑出來，興奮著終於給他們找到了一個僻靜的所在。那位先生將那位女士按倒在這名偽裝成岩石的龍騎兵身上。對一名情報人員而言真是何等命運！為了刺探國家機密而潛入一座斜坡，然後撞見毛里斯色色地亂摸馬瑟琳。木尼葉一點都沒跟我透露。我懷疑他已經目擊過這種亂摸亂揉。

目前呢，時光流逝，只有時光流逝。偶爾，一隻胡兀鷲盤旋飛舞，期待著我們死去。一匹狼小跑步，影子赤裸裸地也不遮掩。有一次，一隻烏鴉經過——天空之記憶裡的折磨。另一次，一隻兔猻將頭探出藏身之處，受到驚惱，如此迷人。我們想撫摸牠，這似乎惹火了牠。整整三天，我們翻找一座座小山谷。雪豹可以是一塊岩石，每塊岩石都可以是雪豹，就是要細心無比。到處，我相信自己看見了牠：一塊草的斑點上，一尊岩石後方，陰影裡。雪豹的念想襲據了我的心。這是尋常的心理現象：一個存有縈繞你的心，它四處顯現。這就是為什麼那些迷戀唯一一個女人的男人也喜歡其他所有女人，這些男人企圖在各式各樣的表現形式中愛戴同樣的本質。快去跟將您抓姦在床的太太講解我這套道理：「親愛的，在她們每一位裡，我愛的是妳！」

為世界寫幾句

木尼葉為「莫比敵症候群」[89]所苦。是這個症候群溫和的、大陸式的表現型態。他追尋雪豹，而不是鯨魚；他想拍攝牠，而不是拿魚叉貫穿牠。但木尼葉心中雄燃的火與梅爾維爾筆下的主人翁是一樣的。

我這群朋友用望遠鏡詳細勘察世界的同時，我蹲點靜候著一綹思想。還更糟！我蹲點靜候著一個好詞。行有餘力之際，我寫下格言警句。情況相當艱辛，因為皮膚龜裂讓手指綻出了鮮血。我將儒勒·荷納爾（Jules Renard）[90]的《自然史》（*Histoires naturelles*）視作一個懷揣筆記本的人能向自然致上的最美敬意。儒勒·荷納爾感恩讚嘆天地之美，用的是他唯一擁有的東西：文字。他的實物教學（leçons de choses）[91]全新勾勒了生命，重又創造草的、天空的、水塘的民族。他看見一頭蜘蛛：「整個夜晚，以月亮的名義，牠張貼著封條。」他邂逅一隻蟑螂：「黑黑地黏著，像鑰匙孔。」他讓一隻蜥蜴跑了出來：「劈開的石頭中，自然而然誕生的兒子。」我說服自己相信，這些見解早已形諸字句，然後從作者的意識中湧現。宛如一臺相機能夠不假外力，獨自按下快門。

儒勒・荷納爾描繪了埃皮納勒（Epinal）[92]田野、草場、緩坡、樹林迭相交織的鄉村風光，還有各種動物。木尼葉的世界，冰雪的世界，狼的世界，對他會有什麼啟發？我試著也來個「自然史」。我把我的格言讀給夥伴聽，獲得了尷尬的微笑或是客氣的稱讚：

瞪羚：急匆匆的女人衝了出來，在地的神靈心裡有她。

野驢：牠身上，懷才不遇者的尊嚴。

曲流：看多了圖博的河川，中國人發明了麵條。
上帝：把雪豹當作吸墨紙，擦拭祂沾水筆的墨跡。
鵰鴞（Grand-duc）：為了看看是誰通宵歌唱，太陽終於起床。

「人類呢？」馬希問，「人類沒資格擁有一道格言嗎？」
「人類？」我說。「上帝擲骰子。祂輸了。」

放棄的約定

一日過完了，我們準備撤守蹲點。湄公河躺著，宛如遭到寒冷殛斃的魚的側面。日光西沉，蜿蜒的河流是鋁做的，陰影升起，蔓上了山脊，一座峰頂、一座峰頂熄滅下去。幾座山尖——最高的那幾座——仍然燦亮。溫度急遽下降。這是寒冷與死亡的大慈悲。誰會想著黑暗中那些動物的掙扎奮鬥？牠們是否已經抵達了溫度維持在攝氏零下三十五度的避風港？朝著扎實的溫暖，我們下山前行。

「火爐的呼喚！」我對理奧叫嚷。

半小時後，我們就會有一杯茶在手。有什麼好抱怨的？

也是這個時候，馴養的犛牛群正回到牛棚裡。與農莊的動物並無二致，我們由肚腹使喚著。人類再怎麼自我美言，終究是要回到一碗湯之前。在下攀側翼山脈、往如如不動的河流邁進時，我思想起母親的葬禮。五月的那一天，我們震撼得麻木昏沉：她幾無抵抗，猝然而逝[93]。沒人對這個無可阻遏的命運做好準備。在天主教希臘默基特禮（catholique gréco-melkite）的儀式中，她的棺木停靈在聖幛（iconostase）前方，我們之中有幾位想著：生命從此再也沒辦法忍受了，這場死亡極致的荒唐邪惡會把我們一個個帶走，走上與她相同的路。但是，時間流逝，忽然，我們餓了。稍早還如此哀泣、相信自己的傷慟永無寧息之日的我們這群人，動作一致地坐上了希臘餐廳的飯桌，嚼著烤魚、啜飲著松脂酒（vin résiné）[94]。胃腺比淚腺更蠻橫迫切；那一天，口腹之慾對我來說似乎是對人類苦痛最偉大的安慰。

我追尋雪豹。我真正追尋的是誰？蹲點靜待動物之所以偉大：你追蹤動物，現身拜訪你的，卻是你的母親。

風景雜駁紛呈，各樣各色。本色未加琢飾的坡面穿插著為雪所皺的後方世界。雪灑落眾山褶皺，諸神披裹了衣裝。木尼葉的說法比較不矯情：

「雪工作起來，就像一名馬格蘭攝影通訊社（agence Magnum）[95]的攝影師創作著黑白相片。」

十隻藍羊用絨毛填鼓山坡。牠們往西邊陡坡一溜煙奔去。牠們引發了坍方。牠們的恐慌破壞了秩序。是雪豹逼牠們跑起來嗎？營地流言紛起：敲打聲、發電機的轟轟聲、吠叫聲。牛的鳴吼削刮著山谷。孩子們追著犛牛跑，驅趕牠們到圍好的地方，像玩具一般滾轉牠們，邁向峽谷深處。這些身高一公尺的小朋友一次次發射彈弓，以此領導這條犛牛的小河。犛牛輕輕用頭頂一下，他們就會開腸破肚，但這些龐大的草食動物接受這些小小的兩足動物的引領。草食動物成群屈服了。這發生在肥沃月彎，時值那位被釘上十字架的無政府主義分子[96]降生前一萬五千年。人類聚集了大批動物。牛用牠們的自由交換了安全。牠們的基因記得這項約定。這項棄守把動物領向圈禁的地皮，把人類帶往城市。我屬於這一個「人牛」種族：我活在一間公寓裡。政府專橫支配了我的一舉一動，在我諸般細瑣的自由裡呼來喝去。作為交換，他們提供我下水道系統與中央供暖——換言之，乾草。這個夜裡，牲畜將安寧地反芻，也就是說，身陷囹圄。與此同時，狼將搜索黑夜，雪豹將漫遊走闖，摩弗侖野綿羊將緊緊攫著峭壁顫抖。選哪個？在銀河之下，瘦骨如柴地活，還是在同類輕滲的汗水中熱呼呼地反芻？

我們在棚屋上方三百公尺的地方。懸崖矗立在湄公河的邊坡上。犛牛在乾草原裡變成一小粒、一小粒。火爐的煙霧染藍了空氣。氣溫仍繼續下降，萬物不動，宇宙眠夢。我們在嵌懸絕壁的一座座窄小平臺間蜿蜒前行，往營地邁進。此時，我們聽見了低沉的吼嘯。不是一首牧歌，是裂肺撕心。回音蕩響了十次，宏大又哀傷。雪豹彼此呼喚，為了讓這支斑點灑落的種族綿亙至永遠。如此歌聲從哪裡來？河岸上，還是峭壁的洞窟中？悲愴的嗚咽盈滿山谷。必須努力想像，才能從中聽見愛的吟詠。雪豹吟嘯低迴，接著飄然而去。「我愛他，我逃離他。」拉辛（Racine）[97]筆下的雪豹女王——蓓黑倪絲（Bérénice）[98]如是袒裸內心。我已經打造了一套理論：愛與個體間維持的距離成正比。相遇頻率低微，確保了情意恆存。

「剛好相反，」木尼葉啊，他這位老是聽我暢談我那堆酒館風格唬爛理論的朋友，這樣糾正我。「雪豹互相叫喚，是想要遇見對方。牠們彼此挑選，彼此尋找。嘯聲問琴瑟和鳴。」

山谷的孩子

每個傍晚，當我們抵達棚屋，貢巴的姊姊們會牽起我們的手，帶我們到火爐邊。年復一年，她們學習母親的舉動，為的是接力傳承給她們的女兒。我們用亞洲流行的方式幫她們挑水：兩個水桶懸在一根竹竿的兩端。對我受傷的背來說負擔沉重。吉索呢，她體重三十公斤，一次走完河流到棚屋的兩百公尺，從來不抱怨。貢巴模仿我，他擠眉弄眼、一跛一跛，裝出身體斷成兩截的樣子。然後我們在室內的溫暖裡半夢半醒。佛陀微笑。蠟燭散發白色的氣味。一家之母倒著茶。披著毛皮的一家之父從小睡中醒來。火爐就是軸線。周圍，是家庭的諸般美好：秩序，平衡，安全。外頭，關於一場咀嚼的流言紛起[99]。動物奴隸們正在休息。

牠並未再次顯現。我們走遍眾峰坡，探索一個個洞窟。狐狸經過了，野兔經過了，數不勝數的藍羊群經過了，從來沒有雪豹。胡兀鷲在我的沮喪上方繞著死亡的圈圈。

必須接受現實：在這裡，演化沒有將物種永續押注於大量繁衍。熱帶各個生態系裡，生命散播開來，豐沛如海：蚊子會聚成雲霧，節肢動物萬頭攢動，鳥類爆發著數目。存在短暫、迅速、可以相互替代：精液的炸藥！大自然用揮霍無度來修補它在交相吞食的一片混亂中散逸的一切。在圖博，生物的長壽彌補了牠們的稀少。動物結實有抵抗力，個體特性鮮明，是為了長久生存而打造的：艱辛的生命。草食動物啃食稀微的草。禿鷲橫飛過杳無一物的空氣。獵食者空手而歸。牠們稍後會在更遙遠的地方重新發動攻擊，趕散另一群動物。有時候，幾個小時之中，沒有一絲動作，沒有一縷氣息。

風從坡壁上刮起脫皮一般的雪。我們撐持得很好。窺偵動物的準則是：一邊盼望一場邂逅能讓接受不舒適變得合情合理，一邊忍受不舒適。想到牠就在這，想到我們已看見過牠，想到牠也許正看著我們，想到牠可能倏地顯現，這些念想已足夠讓我們忍受等待。我記得《追憶逝水年華》（*À la recherche du temps perdu*）那位對奧黛特·德·克雷西（Odette de Crécy）一往情深的斯萬（Swann），他從單純的確信裡——就算他沒有見到她，她也有可能就在他身邊——汲取了滿足。我模模糊糊記得其中某段文字，但我必須等到回巴黎之後，才能找出那幾行字，唸給木尼葉聽。馬塞爾·普魯斯特（Marcel Proust）想必透徹了解我們這一場場蹲點靜候的本質，不過在攝氏零下二十度的溫度裡，裹著貂皮大衣的他應該會感冒還會咳嗽。只要把奧黛特換成「雪豹」就可以了：「甚至早於他在那裡見到奧黛特之前，哪怕他沒能在那裡見上她一面，他對於踏足這一方地，仍將有多麼幸福，在那裡，他不曉得她哪個時刻會確切身在何處，於是他感受到她倏然顯現的可能性四處搏動……」[100]雪豹的可能性在山中搏動。我們別無所求，只求這縷可能性為期盼撐起足夠的張力，讓我們有辦法忍受一切。

這一天，三個孩子由年紀最小、最像個小魔王的貢巴帶隊，前來與我們會合。他們直直走向我埋伏的地方，一邊唱歌一邊蹦蹦跳跳，上衣零亂不羈，頭髮隨風飛翔。他們精準地朝我藏身的岩石堆走來，毀了我隱藏自己的努力，證明我的偽裝並不到位。他們從小山谷的深處、離我五百公尺遠的地方，就認出我藏在哪裡！他們與我窩在一起，又活潑、又迷人。他們對世界的認識，止於這座小山谷；對生命的認識，止於清澄透亮的一天天。他們與野獸以及已經乖巧掉了的犛牛為伍。八歲時，這些小朋友對自由、獨立、各種責任都已經有了概念，掛著一絲鼻涕，嘴角漾著微笑，火爐是他們第二個母親，龐然大物的隊伍等他們來看顧。他們也怕雪豹，但就是在腰間紮上一把小匕首，萬一被攻擊了，他們會自我防衛。還有，他們在冰凍的空氣中引吭高歌，祛除心中的恐懼。他們沒有生涯規畫輔導（conseiller d'orientation），他們懂得走遍山地。他們每天往來於一條條山間小道給予他們的盼望裡：小道將通往天際線遼闊的隘口。他們逃過了我們的歐洲童年的恥辱：奪走了孩子的快樂的「教育學」（pédagogie）。他們的天地有鑲邊，夜晚有冰寒，夏日有溫柔，冬天有苦難。他們居住在一個王國之中，這王國以石塔為雉堞，穿鑿著一座座拱門，還有峭壁來守護。他們從來不看螢幕，也許他們的輕靈優雅與這裡沒有寬頻網路這件事成比例？藏身在河右岸一座峭壁底部的木尼葉、馬希與理奧都跑來加入我們。於是，全然放棄了逮到雪豹的機會的我們，在岩石堆裡召開了沙龍，直到暮色升起。

木尼葉把一張沖洗好的、之前某一年他拍的相片拿給孩子們看。

前景，一頭隼，皮革色的，佇立在地衣蔓生的岩壘上。背景，稍稍偏左，石灰岩的輪廓線後，若未先心裡有數，那是看不見的：一雙雪豹的眼睛凝視著攝影師。雪豹的頭與岩石渾融為一，眼睛要花上好些時間才認得出牠。木尼葉將焦距對準了隼的羽毛，想都沒想過雪豹正在觀察他。要等到兩個月後，他研究他的相片時，才發現牠在那裡。木尼葉啊，他這位無懈可擊的自然學家，就這樣被愚弄了。他拿這張相片給我看的時候，我什麼都沒注意到，除了那隻鳥。必須要我這朋友用手把雪豹指給我看，我才察覺到我眼睛恐怕永遠不會獨力發現的這個牠，因為我的眼睛唯一尋索的，是直接、即時的存在。一旦我的眼睛認明了雪豹在哪，每次我看見這張相片，雪豹就撼擊著我。隱伏得絲毫不招疑心的，成為了錚錚如繪的事實。這張相片豐蘊著它的啟示。大自然裡，我們被觀看著。另外，我們的眼睛總是逐最簡單之物而觀，確認我們已經知道的事物。孩子呢，拘束他的條條框框比成人要少，他把握到了背景的奧祕、退隱窩伏的存在。

我們的圖博小友可是騙都騙不倒。他們的手指立刻指出牠。「Saâ !」他們大喊。並不是因為他們的山地生活銳亮了他們的眼光，而是因為他們童真的眼睛並不朝著「對『不假思索之事物』的確信」隨波逐流。他們探索著現實的邊界。

藝術目光的定義：在平淡無奇的遮蔽物後，看見躲藏的野獸。

第二次顯現

一個下雪的早晨，我們第二次看見牠。我們置身小山谷南端的開口，一座狂風鑿穿的拱門上方那石灰岩的山脊。我們在拂曉時各就各位：風鞭笞著我們的臉。

木尼葉八風吹不動，完美無疵地緊緊貼著他望遠鏡的眼環。他的內在生命是靠外在世界維持給養的。邂逅的可能性麻醉掉他所有的痛苦。前一晚，他跟我談到他的親人。「他們把我當成精神官能症患者：重要的事情進行著，我卻望著一隻鳾（sittelle）經過。」我回應他，正好相反，精神官能症存在於我們因資訊而瘋狂的腦子的繞射之中。此身囚於都市中，為恆常爆炸的新鮮事餵養著的我，感到自己是一個衰退的人。趕集園遊會正入高潮，洗衣機轉了又轉，螢幕爍亮未已。我從沒問過自己：天鵝的飛行為什麼不如川普的推特來得有趣？

我呢，為了撐過好幾個小時的蹲點守候，沉浸到回憶裡。我讓自己回到前一年莫三比克海峽（canal du Mozambique）的海灘上，或是憶起阿弗赫（Le Havre）[101]美術館的一幅畫，又或是在腦海中回想一張摯愛的容顏。然後我維持住這些圖景。它們精微脆弱——雨中的火花。心智飄浮著，認準了渡引的燈。可不是密集緊繃的鑽牛角尖。儘管不舒服，時間終究是過去了。稍後，太陽耀亮了世界，這些幻象就煙消雲散。

另一岸，與我們同高之處，藍羊將小山谷據為己有。太陽從山脊上升起。整齊劃一的動作中，所有的動物朝向了光芒。如果太陽是上帝，祂應該會認為動物是比霓虹燈下層疊擠擁、對祂的輝煌無動於衷的人類更為虔誠的信徒。

雪豹忽然閃現山脊。牠朝藍羊群往下攀。牠前進著，低低貼地而行，踩著謹慎的步伐——每一束肌肉都使力，每一個動作都有法度，力學機制完美無疵。這尊大規模毀滅性武器步伐節制，往黎明崇高的祭品走去。牠的身體在岩石之間流轉。藍羊群沒看見牠。雪豹就是這樣狩獵的，牠運用奇襲。雪豹太重，沒法用追的捉到獵物（牠不是非洲莽原的獵豹），牠寓希望於偽裝，逆風靠近牠的獵物，然後瞬間撲上去，一躍就是好幾公尺。軍人稱這種瞬間爆發、無可預測的戰術為「閃電」。如果這戰術取得成功，敵人——就算數量更多或更強大——是沒有時間實施防禦。他大驚失色，慘遭擊敗。

這個早晨，攻擊失敗了。一頭藍羊破獲了雪豹，牠的抽搐警醒了全體藍羊。出乎我的意料，藍羊並未奔逃，而是轉向雪豹，正面對著牠，告訴牠迫近行動已經事跡敗露。對威脅的監視能夠保護群體。藍羊為我們上的一課：最邪惡的敵人是躲起來的那一位。

雪豹被揭穿，這一回合結束了。牠在眾藍羊的凝視中穿越小山谷，藍羊呢，視線從沒離開，只是後退了幾十公尺，讓雪豹通過。雪豹微微一動，藍羊就會在亂石地上四散飛奔。

雪豹穿越藍羊群，攀上岩壘，抵達山脊，再次顯現，天空中牠的輪廓明晰，接著消失在峰脊的另一端。這時候，在我們蹲點處一公里外，北面山峰皺褶中的理奧，以望遠鏡捕捉了牠，宛如我們彼此託付著目擊者的任務。無線電裡，他悄聲吐著片言隻語，讓我們跟上情況：

「牠在山脊線上……」

「牠沿著峭壁往下爬……」

「牠穿過了小山谷……」

「牠躺了下來……」

「重新出發……」

「牠爬上另一岸……」

我們聽著這首詩，整天都等著，期待牠回到我們這面山坡。牠走得很慢，牠生命還很漫長。我們則有我們的耐心。我們將耐心獻給雪豹。

薄暮之前，我們在山脊懸空的突出部位再次看見牠。牠直直躺著，伸懶腰，重新站起身子，搖搖擺擺地離開。牠的尾巴鞭打空氣，凝在空中，勾勒出一個問號：「你們一個個共和國步步進逼，我會保有我的王國嗎？」牠飄然而去。

「牠們八年生命的一大部分都拿來睡覺。」木尼葉說。「如果機會出現，牠們就打獵。牠們飽餐一頓，然後靠這食物儲備來撐上一個星期。」

「其他時間呢？」

「牠們半睡半醒。有時候一天打盹二十小時。」

「牠們會不會做夢？」

「誰曉得。」

「當牠們凝望遠方，牠們會不會默觀諦想這世界？」

「我相信會。」他說。

往往，在卡西斯（Cassis）[102]的小海灣中，我觀察著海鷗大隊，尋思：「動物會不會看風景？」這些白色的海鳥一身瀟灑衣裝，佇留空中，飛過落日上方。牠們永遠不骯髒——胸部潔白無瑕，翅翼有珍珠之光。牠們翅膀拍也不拍，就此飛翔、削切著空氣，在大氣層上衝浪；而此刻，天際漸漸染紅。牠們沒在狩獵。牠們亮相舞臺、粉墨登場，這與宣說牠們唯一臣服於生存機制的教條相違。就算是最理性的人，也沒辦法拒絕承認這些動物擁有「美的感受」。讓我們稱呼「美的感受」為「感覺活著的愉悅信念」。

雪豹在肉食動物的狩獵與豐美可人的小睡之間迴環輪轉。吃飽了，牠就在石灰岩板間伸長躺平。我懷疑牠夢見了一面原野又一面原野上熱氣騰騰的肉塊，全都是為牠準備的；從此，牠不必再撲向獵物，掙取牠的那一份。

動物的那一份

如是，在八年的生命中，雪豹擁抱著一種全然的存在：此身為了歡暢，此夢為了榮光。雅克・夏冬（Jacques Chardonne）[103]因此在《窗裡的天空》（*Le Ciel dans la fenêtre*）[104]一言以蔽之了人的使命：「在危疑未定之中活出尊嚴」。

「這定義是為雪豹量身打造的！」我跟木尼葉說。

「小心！」他說，「我們可以相信動物享受太陽，享受鮮血噴湧，享受不得了的小睡，我們可以賦予牠們精微繁複的情緒——我是第一個這麼做的——但不能把道德硬套在牠們頭上。」

「你說的是太過『人類』的人類道德嗎？」我說。

「那不是牠們的道德。」他說。

「惡與善？」

「那跟牠們無關。」

「殺戮之後的羞恥心？」

「無法想像！」飽讀詩書的理奧接了話。

他向我們提起亞里斯多德閃電般的靈光：「每種動物都實現了牠那一份生命、那一份美。」在《動物構成論》（*Parties des animaux*）中，這位哲學家單單以這句就定義了一切野蠻的行止。亞里斯多德將動物的命運偈限在維生的功能與形體的完美之中，外於一切道德考量。這位哲人的直覺無懈可擊、字斟句酌、修辭高尚、一語中的——希臘人嘛！動物占據了牠們應有的位置，不超過演化這股均衡的力量摸索著為牠們建造的女兒牆。每一種動物都構成秩序與美之機制的一樁元素。動物是鑲在王冠上的珠寶。即使這冠冕以鮮血洗浴。這樣的安排沒有邀請道德來參與，那些生吞活剝之中也沒有殘暴不仁的成分。道德是為了個什麼而自責的人類所發明的。生命好比一局米卡多遊戲棒（mikado）[105]，人類玩這精巧的遊戲時卻顯得粗魯。他帶著暴力前來了；這暴力，他種族的存續未必需要，甚至還超過了他自己設下的法律框架！

「每種動物都分發著牠那一份死亡。」亞里斯多德也許會這麼補充。二十三世紀後，尼采在《人性的，太人性的》（*Humain trop humain*）中確認了這一公設（postulat）[106]：「還有，至少不是道德發明了生命。」不，是生命自身以及生命對擴張的迫切需求發明了生命。我們這座小山谷以及我們已知世界的動物活在超越善惡之中。牠們並不動手饜足對自尊心或權力的渴求。

牠們的暴力不是暴狂，牠們的狩獵不是一網打盡。

死亡不過是一餐飯。

犛牛為祭

「我在小路上方兩百公尺的地方認準了一座洞窟。我們去那裡紮營，那個洞穴面對東邊的山坡，我們會擁有最棒的位置。」

我們抵達一個星期後的這個早晨，木尼葉這樣叫醒大家。棚屋裡冰凍著，理奧燃亮火爐，我們泡了茶、打包了行囊：前者讓我們清醒，後者讓我們能活過夜晚。我們帶走了攝影器材、望遠鏡、攝氏零下三十度用的睡袋、糧食，還有我那本《道德經》。

「我們在那裡待個兩天兩夜。如果牠經過，那個洞提供了一座完美的看臺。」

我們沿著與峽谷成直角的谷道（thalweg）[107]向上爬。空氣一片灰暗，要費一些時間才爬得上一面面峭壁。我的朋友們奮猛掙扎。理奧揹了三十五公斤，巨大的望遠鏡從他的背袋竄出頭來。這樣看來，我思索，就算是形上學家，手也可以有縛雞之力。馬希隱沒在比她還高的行囊底下。又一次，我什麼也沒揹，像個被家僕簇擁前行的矮肥短先生。我受傷的脊椎免除了我的勞動，但沒有免去我對殖民沙漠旅行隊的愛好。

「那邊，一大塊暗暗的！」馬希說。

犛牛正垂死。牠朝左側臥，喘息，白霧像棉花一樣裹著鼻孔。牠將死在這條過道的盡頭。結束了，那歡欣陽光下的一次次奔跑。雪豹的獠牙刺穿了他的脖頸，血湧染了雪。犛牛在顫抖。

雪豹就是這樣狩獵的：撲上去咬住獵物的鬐甲（garrot）[108]不放。

遭襲擊的動物在坡壁上奔逃，獵食者緊緊咬著牠的喉頭，這場奔跑以兩匹動物——狩獵者與獵物——雙雙摔落告終。牠們在斜坡上翻滾，墜落到峭壁之下，猛力撞擊岩石。有時候，在這一回合，雪之猛獸會摔碎脊椎。在撞擊下死裡逃生的雪豹，餘生都將一瘸一拐地跛行。斯基泰人（scythe）的游牧部落在他們的黃金胸針上表現了「豹噬咬鬐甲」的圖案。圖樣體現了肌肉與毛皮交纏的漩渦，這支攻擊與逃逸之舞正是兩條生命相遇時最常見的結果。

雪豹有聽見我們。牠想必正在觀察我們，牠躲在亂石堆中，憂心著兩足動物——所有種族裡最蒙羞的——會巧取豪奪牠的獵物。牠誤會了，因為木尼葉的心思比盜走一頭肉食動物的口糧還來得深邃。犛牛死了。

「我們來把牠移動個十公尺，搬到這溝壑的最裡面，洞窟面對的方向上。」木尼葉說。「如果雪豹回來了，我們就會與牠同在！」

日暮時分，我們就位。犛牛躺在草上，我們呢，則在一組交疊的洞窟中各就各位。「樓中樓！」理奧看到洞穴一座疊著一座，中間差了三十公尺時說。馬希與木尼葉占據了下方的洞窟（皇室套房），我與理奧則進駐上方的洞窟（附屬建築），犛牛躺倒在下方一百公尺處（莊園的酒食儲藏室）。

怕黑

我在洞窟深處度過了多少紮營的夜晚？在普羅旺斯，在濱海阿爾卑斯省（Alpes-Maritimes）[109]，在法蘭西島（Île-de-France）[110]的森林中，在印度，在俄羅斯，在圖博，我睡在聞起來宛如無花果樹的「香氛植物」叢裡，懸峙半空的花崗岩上，火山斷層內，砂岩壁的凹窪中。進到這些地方時，我經歷著一個神聖時刻：對現場的感激。不應該打擾任何人。

有時候，我會嚇到蝙蝠和蜈蚣。儀式一以貫之：整平地面，把衣物布置在一個風吹不到的角落。我才剛與理奧一起進駐的洞窟已經被占用過了。地面潔淨，煙灰熏黑了洞頂，一圈石頭透露了此地曾有一爐火。在人類悲慘的最初，洞窟構成人類的地理矩陣（géographie matricielle）[111]。每座洞窟都曾經收容過客人，直到新石器時代帶來突飛猛進，敲響了走出這簡陋居所的鐘。從此，人類四散流布，在河川淤泥上讓百物繁生，馴化家畜與家禽，發明了唯一真神，開始了對地球一寸寸剝削，就是為了在一萬年後臻至文明的大圓滿：塞車與過胖。我們不妨調整一下巴斯卡（Blaise Pascal）《沉思錄》（*Pensées*）第一三九號沉思：「人類萬般不幸只緣一事：不懂得待在一間房裡好好休息」，主張世界的不幸從第一個人類走出第一座洞窟開始。

一窟窟洞穴之中，我察覺一道古老光芒的神奇迴響。與我們走進教堂中殿時問的問題相同：這裡發生了什麼事？拱頂之下，我們如何彼此相愛？也許，古老的對話曾浸透岩石，正如晚禱的聖詠與熙篤會（ordre cistercien）[112]修院的石灰岩壁融合為一？

偶爾，在普羅旺斯的紮營地裡，我的夥伴嘲笑著我的這些想法。他們在睡袋裡嗤笑道：「你這樣會有性功能障礙的，兄弟！那打炮來來回回抽抽插插，就是在懷念黏糊糊的什麼鬼囉。你這是精神分析嘛！」他們用他們的挖苦打碎了我的念想！

我喜歡洞窟，因為洞窟屬於太古的建築；在這建築裡，水與化學的乾化作用（dessiccation）[113]共同努力，終於在一面峭壁上鑿穿了洞，就為了讓一名過客的夜晚稍微不那麼痛苦。

理奧與我讓洞窟入口巨石上摩弗侖野綿羊的祭典戛然而止；這個死亡與力量的圖騰鎮守著洞穴的開口。理奧調校著器材。我們的位置看得見下方的犛牛。等待開始了。一隻胡兀鷲盤旋，翅膀張開，彷彿想拉近小山谷的兩岸。昏暗從峽谷上升，寒冷讓靜默更尖峭，面對才正開始的漫長時光，我體悟了「在攝氏零下三十度中缺乏內在生命」將意味著什麼。與此同時，寂靜成了必要，我咒罵自己就是太愛聊。扮演起一尊雕像，李奧是可圈可點。他幾乎不動，以無影無跡的望遠鏡掃視來縝密觀看現場。我終究還是溜進了洞窟深處。我戴著連指手套翻開我那本《道德經》：行動而沒有任何期待[114]。我思索：「期待本身，是否已是行動了？」蹲點靜候難道不是一種行動的形式，既然它任憑思緒與盼望隨意奔流？是這樣的話，道家的「道」應該會建議別對等待抱任何期待。「道」是幫助我接受待在這裡、坐在灰塵中的思想。「道」擁有這樁好處：它迴環圓轉，在心智中滾動，占據了時間，甚至在一座海拔四千八百公尺的岩石冷凍庫半暗不明的光裡也是如此。忽然，一具形影靠近了：理奧回到了洞窟深處。

極遠處，犛牛群在坡面上吃草。偶爾，其中一頭犛牛從積雪上滑落，巨大的毛絨絨球向下衝了幾公尺遠。這些魁梧的衛士啊，牠們曉得，一小時前，牠們剛剛失去了一位親人嗎？牠們這些注定獻身猛獸的一個個可憐編號，自己會去算嗎？

夜色初升，雪豹沒有回來，我們點亮了紅色濾光罩的頭燈，法國海軍在軍艦上值夜更時用的那種，為的是不要發出任何足堪辨認的微光。我覺得自己躋身一艘靜寂無聲的蓋倫帆船（galion）[115]的艦橋[116]之中，這艘大船開拔進雪豹漫遊的夜裡。這樣想讓我開心。

孩子們將牲畜趕回家，叫嚷聲響起了，黑暗澈底降臨。一頭鵰鴞在對面那一岸的懸崖站起了衛兵。牠兀兀兀的叫聲宣布狩獵開始。「兀！兀！睡吧，草食的大塊頭們，躲好來！」鵰鴞說。「猛禽要起飛了，狼要睜大了瞳仁，出來在黑暗中遊晃了，雪豹遲早會來，來將鼻尖深深刺進你們其中一位的肚子裡。」

在山上，清晨的時候，為了將夜裡暴食狂歡的痕跡藏在雪下，天空的努力並不過分。

晚上八點，馬希與木尼葉來跟我們會合。在焰火隱微的爐子上，理奧烹煮了湯。我們聊了洞窟中的生活、被火戰勝的恐懼、生於火焰的談話、成為藝術的幻夢、成為狗的狼，還有人類跨越界線的大膽。然後木尼葉談到了人類的猖狂，狂於讓所有生物界在之後為人類在舊石器時代一個個冬天受過的苦付出代價。每個人都回到了自己的洞窟。

我們溜進了羽絨睡袋中。如果夜裡雪豹來了，儘管很冷，牠還是會聞到我們的氣味。必須接受這令人沮喪的想法：「地球有人類的味道。」[117]

「理奧？」熄滅我的燈前，我說。

「嗯？」

「木尼葉啊，他沒有送他女人毛皮大衣，而是直接帶她去看穿著這毛皮大衣的動物。」

第三次顯現

清晨第一抹微光之中，我們從睡袋裡爬了出來。下過雪了，雪豹在犛牛身旁，嘴唇染紅了鮮血，毛皮灑落一點一點的白。破曉前牠就回來了。牠在睡覺，肚子圓鼓鼓的。牠的皮毛是輝映著藍色光彩的珍珠母。正因如此，我們稱牠為雪豹：牠如同雪一般來到，安靜無聲，又輕手輕腳地離開，與岩石融為一體。牠撕下了牛肩膀——王者的珍饈。犛牛的黑色毛皮割出了一方朱紅的色塊。雪豹發現我們了。牠側過身，抬起頭來，與我們眼神相交，目光是冰冷的餘燼。那雙眼說著：「我們無法相愛，你們對我來說什麼都算不上，你們的種族最近才出現，我的種族萬古長存至今，你們的種族到處蔓延，破壞了詩篇的平衡。」這張塗抹了紅色的臉孔，是原始世界的靈魂，在黑暗與晨曦之間交替流轉。雪豹看來並不擔憂。牠剛剛也許吃太快了。牠小睡了幾回。牠的頭倚在那雙前掌上。牠醒來，嗅了嗅空氣。皮耶．狄俄．拉侯雪勒（Pierre Drieu la Rochelle）[118]《祕密敘事》（*Récit secret*）裡這行我如此深愛的句子反覆錘擊我的心；如果不是因為雪豹離得很近，我們必須保持肅靜，我會用無線電把這句唸給木尼葉聽，跟他分享我此刻因之思及的一切邪惡：「……我曉得在我裡面，有不是我而比我珍貴許多的東西。」我在心裡把它改了，換成這樣說：「在我之外有不是我也不是人類而更加珍貴的東西，它是外於人類的寶藏。」

牠一直待到早上十點。兩頭胡兀鷲過來打探消息。一隻大烏鴉在天空中畫了一條線：腦波圖是平的。

我為了雪豹而來。牠就在這裡，在離我幾十公尺遠處打著盹。在二〇一四年我從屋頂上摔下來，摔得我沒了活力、澈底躺平[119]以前，我還是另一個人的時候愛過的那位森林女孩，她會懂得發現我看不見的細節，會把雪豹的思緒解釋給我聽。為了她，我投入一切力氣觀看雪豹。我們盡力享受事物，那貫注的力道正是對那些已不在之人的祈禱。他們會希望身在此地的。正是為了他們，我們觀看雪豹。這頭動物啊，牠宛若一閃而隱的幻夢，是消逝之人的圖騰。我被死亡奪走的母親，林蔭道上的女孩：雪豹的每次顯現都將她們帶回我身邊。

牠站了起來，溜進一塊岩石後，於坡壁重新顯現。牠的皮毛與灌木叢渾然交織，曳出一道*poikilos*的痕跡。這個古希臘詞的意思是斑爛的豹皮；同一個詞也用來形容思想的絢爛多彩。雪豹跟異教（païen）[120]思想一樣，來往於迷宮之中。牠，難以掌握，張燈結綵，脈動勃搏，身屬天地。牠的美在冰冷之中震動。於一眾死物之間繃張，平和又危險，雄性而以雌性為名[121]，像最上乘的詩一樣曖昧模稜，無可預測，並不安逸，澤彩斑斕，波紋隨視線變幻：此乃*poikilos*之豹。

那抹絢爛永遠消失了，雪豹不知所蹤。無線電劈啪作響：

「牠在你們那邊嗎？」木尼葉說。

「沒有。失去了。」[122]理奧說。

對世界表示贊同

蹲點的一天開始了。在黎巴嫩南部，西頓縣（district de Sidon）的中央，矗立著一座獻給聖母的小教堂：等待之聖母小堂（Notre-Dame de l'Attente）[123]。我以這個名字命名我們的洞窟。理奧是這裡的詠禱司鐸（chanoine）。就著望遠鏡，他搜索山，直到日落。在下方的洞穴中，木尼葉與馬希應該也一樣努力，除非他們把時間拿去做了別的事。偶爾理奧會四肢並用，退進洞窟深處喝一口茶，然後繼續他的窺偵任務。木尼葉透過無線電跟我們講話，他認為雪豹已經橫越峽谷，抵達了對面山坡的岩石平臺：「牠會一邊休息一邊注意獵物。你們要搜索對面同樣高度的岩石堆。」

這些時光是我們還給世界的債。我待在這座吊籃中，身處小山谷與天空之間，細密審望著山。我保持不動，雙腿交叉，透過我呼出的白霧觀看風景。曾經要求旅行提供我如此多的驚奇，「狂戀著多樣性與任性」[124]的我，如今知足於鑲嵌在一面畫框中的冰凍坡壁。我是不是皈依了「無為」，中國的「不行動」藝術？沒什麼比零下三十度更讓你俯伏於這種哲學。我毫無期盼，烏有行動。所有的動作都會讓一股寒風鑽進背裡，這樣的情形並不適合做大事。噢，當然囉，如果一頭雪豹在我眼前閃現，我將如享至福。可是，一切都寂然不動；於此清醒的冬眠裡，我沒有一絲怨恨。蹲點靜候是一種亞洲的練習。這個等待「唯一」的其中一個形式降臨的場合中，存在著「道」。也有那麼一點印度教《薄伽梵歌》（*Bhagavad-Gita*）的教誨：棄絕欲望。雪豹的顯現將完全不會改變心情。「成功之時、失敗之時，盡皆持平如一」，〈第二歌〉中，黑天（Krishna）[125]如此為我們消憂解慮。

時間大大敞開了，海納混融的思想，我對自己說，木尼葉啟蒙我的這一套蹲點的學問，是我這個時代心靈癲癇的妙解良方。二〇一九年，前賽博格（pré-cyborg）[126]時期的人類不再贊同現實，不再滿足於現實，不再與現實和鳴，也不再懂得配合現實。在此，在等待之聖母小堂，我請世界繼續提供業已存在的事物

這個二十一世紀的開端，我們其他八十億的人類，滿懷熱情奴役著自然。我們用清潔劑洗地，我們酸化了水體，我們窒息了空氣。一份英國動物學會的報告指出，五十年間，百分之六十的野外物種滅絕了。世界倒退著，生命離開著，諸神隱匿著。人類欣欣向榮。人類為自己的地獄滿足了一道道條件，準備衝破一百億人口大關。最樂觀的人為地球可能住上一百四十億人感到歡欣。如果將生命一言以蔽之為：為了物種繁衍，滿足生物需求，前景就令人振奮：我們可以在提供無線網路的一座座水泥盒子裡邊吃昆蟲邊交配。但如果我們想為我們來地球上走的這一

遭求得它那份美，如果生命是魔法花園裡的一場遊戲，動物的消失就是一項惡劣的消息——最壞最壞的消息。這項消息傳來了，沒有人聞問關心。鐵路員工捍衛鐵路員工[127]。人類操心人類。人文主義跟其他的都一樣，都是一種工會主義[128]。

世界衰毀，共伴相隨的是對更好未來的狂熱盼望。現實愈惡化，救世主降臨的詛咒就愈迴盪亮響。「生物飽受蹂躪」與「遺忘過去、乞求未來」呈比例關係。

「明日，比今日更好」，現代的猙獰標語。政治人物承諾改革（「改變」，他們尖聲喊叫！），信眾盼望永生，矽谷的實驗室人員向我們宣布了強化人類的到來。總之，必須耐心等待，明日終將歡唱。都是一樣的陳腔濫調：「世界被搞砸了，那就來安排我們的緊急出口吧！」科學人、政治人還有宗教人全都擠在一扇扇通往盼望的小門。相反地，想保存、想維護那些已託付我們手中的事物的人，並不多。

這廂，一位街頭示威路障的宣講家號召著革命，他的群眾如潮迸湧，手上抄著十字鎬；那廂，一名先知高舉著「彼世」，他的信徒在這個承諾前匍伏跪倒；再那邊，一個奇愛博士2.0版[129]正策畫後人類（posthumain）[130]的天翻地覆，他的客戶沉緬於科技崇拜。這些人活在海膽上[131]。他們忍受不了自身處境，他們期盼從這個「彼世」獲得好處，卻不知道「彼世」是什麼樣子。崇敬我們已享有的，比胡思亂夢一樣樣鏡花水月[132]還難。

這三樣懇切呼求——革命的信仰，救世主的盼望，科技掌控一切的框架（arraisonnement）[133]——在救贖的論述背後隱藏著對當下深深的漠不關心。還更惡劣！這些呼禱讓我們在此地、在此刻都不必行止高尚，讓我們不必再費心安排那些至今還撐得住的事物。

與此同時，冰層融解，塑膠氾濫，動物死亡。

「在我們的世界以外杜撰另一個世界並沒有任何意義。」[134]我在一本小筆記簿的題銘頁寫下了尼采這一句閃電般凌厲的話。我明明可以將它刻在我們洞窟的入口。小山谷們的座右銘。

洞窟之內、城市之中，我們有許多人並不渴求一個增長的世界，我們渴求的是一個獲得恰如其分的頌讚的世界，它是它獨一無二榮耀的母土。一座山，讓光線撩得心旌動搖的天空，雲朵的追逐，山脊上有頭犛牛：一切都各就各位，純然完足。看不到的，可能會閃現。沒有閃現的，乃是懂得躲藏。

異教的贊同，古老的歌曲，就在此中。

「理奧！我總結《信經》（*Credo*）[135]給你聽。」

「我洗耳恭聽。」他客氣地說。

「欽崇我們面前的事物。一無所盼。憶念豐繁。戒除盼望——盼望是廢墟上的煙。享受所提供的。尋索象徵，相信詩比信仰更堅實。知足於世界。為世界長存而戰。」

理奧用望遠鏡搜索著山巒。他太專心了，沒有真的在聽。這為我能夠繼續我的論述給出了有利條件。

「那些捍衛盼望的衛隊稱呼我們的贊同是『聽天由命』。他們錯了。是愛。」

最後的顯現

我們的仰慕與牠的冷漠針鋒相對。木尼葉眼光精準。雪豹在我們正東方三百公尺外，與我們同高的另一面坡壁上，重新站穩了腳跟。牠十點左右顯現在望遠鏡裡。牠在一塊岩石上打盹，抬起頭來，瞄一眼牠的犛牛。牠確定禿鷲不會望風而至、蜂擁搶食嗎？接著，牠朝天空抬起頭，又將頭埋入皮毛。牠打盹打了一整天。牠離我們很遠，我們可以高聲交談，點燃雪茄，升起爐火，畢竟身處這座冷凍庫，把一碗湯乾了真是愉快。每兩分鐘，我就匍匐向腳架，將一眼偎上眼環，觀看牠線條流暢的臉孔與蜷縮在自身溫暖裡的身體。每一次，這如幻似真的景象都予我一股電擊般的愉悅。真實的事物就是如此，眼見為憑。雪豹在這個早晨不是神話，不是希望，也不是巴斯卡式賭注[136]的對象。牠就在那裡。牠的現實是牠無極的威靈。

牠沒有回去牠的獵物那裡。一天漸漸過完了。餓鬼巡邏隊（禿鷲、胡兀鷲、烏鴉）沒有介入其中，提供殯葬服務。偶爾，木尼葉透過無線電說話：「西邊有一隻秋沙鴨（harle）；拱門洞的上面有幾隻紅嘴山鴉（crave à bec rouge）。」他目光降落的每一處，他都看見了動物，或推測牠們的存在。如是天賦足堪媲美一位行人雅士的教養，這位行人在城市裡漫遊，為你指出一座古典主義的柱廊、一面巴洛克式的三角楣（fronton）、一個新哥德風格的加蓋部分。這樣的稟賦讓木尼葉有幸穿行於持恆繁花萬彩、永遠豐饒富厚的地景之中；如是的地景裡，肉眼凡睛一無所悉的居民們脈動搏伏。我了解：我的這位夥伴在佛日省離群索居，他又怎麼還有辦法嘗試與他的儕輩對話呢？如此見證了肉食動物衝進溫和的畜群、明瞭烏鴉為何盤旋的他，書仍然感動他：「十七歲時，我離開了學校，」他跟我說過，「是為了走進森林。我再也沒有翻開任何一本課本，但我讀了紀沃諾（Giono）[137]全部的著作。」

雪豹與傍晚肩並肩離開。牠站起身子，輕輕溜進一塊岩石後，消失了。我們在洞窟裡紮營第二夜，希望牠回來。早晨，牠不在那屍體附近。在喙、顎以及獠牙將這犛牛撕碎之前，寒冷還會將犛牛保存好長一段時間。犛牛的身體組織將再一次吸收進其他生命裡，將會滿足其他的狩獵者。死亡，就是經過。

永劫回歸的永劫回歸

我們收攏好紮營用具，木尼葉、理奧、馬希與我，一行四人往圖博營寨的爐火邊歸去。我們全都不發一語，因為雪豹棲據了我們的思緒。人不會用空嘴薄舌的閒聊破壞一場夢。

我長久以來都相信地景決定信仰。沙漠呼召一位嚴厲的上帝，希臘諸島讓各種存在閃耀爍亮，城市促迫人只愛自己，叢林庇居著一眾神靈。白人神父在鸚鵡啼鳴的森林中還能維持他們對一位自我啟示（révélation）的上帝的信仰，這在我看來是一種壯舉。

在圖博，一座座冰凍的小山谷消解了所有欲望，啟發了大循環的意念。更高處，被風暴狠狠蹂躪的高原證實了世界是一道波紋，生命是一個過程。我的心靈素來脆弱易受影響。我總適應著我落腳之地的精神。只要別人把我扔到一個亞茲迪（yazidi）[138]村莊，我就向太陽祈禱；只要別人把我發射到恆河平原，我就遵奉黑天（「用一隻平等之眼觀看苦難與歡愉吧」）。我住在阿黑山脈（monts d'Arrée）[139]，就夢見昂骷（Ankou）[140]。只有伊斯蘭教我沒採用，我對刑法沒有興趣。

在此，稀薄的空氣中，靈魂在一具具臨時的身體間遷徙，繼續著旅程。抵達圖博以來，我想著動物輪迴流轉的生命之重。如果小山谷的雪豹是一縷附體的靈魂，在七年的殺戮後，牠能上哪尋得收容牠的地方？有哪一種生物會允諾承擔這樣的包袱？牠要如何擺脫輪迴？

前亞當（pré-adamique）時代的精魂啊，不管是誰對上牠的目光，都會為牠深深浸透。這同樣的眼睛，也曾在人類小群小群地狩獵、不確定能否存活的世界中默觀諦想。這身毛皮之下，牠有著怎麼樣深居其中的靈魂？幾天以前，雪豹向我顯現，我曾相信自己認出了已故母親的容顏：高高的顴骨，從中劈剖而出一道嚴峻的視線。我母親陶冶著消失的藝術、對靜默的愛好、被認為是專斷獨裁的嚴格。那一天，對我來說，雪豹是我可憐的母親。這樣的想法認為靈魂透過地球上活著的肉體那龐大的儲量來流轉，同樣的想法於基督之前六世紀，在相距迢遙的地理點——希臘，以及印度—尼泊爾平原，由畢達哥拉斯與佛陀異地同時提出，對我來說是安慰人的靈藥。

我們抵達棚屋群。我們在孩子們如如不動、為火焰的微光舔舐的容顏前喝了茶。靜默，幽暗，煙：圖博冬眠。

分流的源泉

我們在雪豹峽谷裡度過了十天。木尼葉此刻想出發去拍攝湄公河的源頭。我們往山腳下一座牧人的營地開了一天的車。高原是被陽光蠻野撞擊的一面乾草原盾牌。北方，一座座白色峰尖高聳。一對犛牛主人在一棟烤得過熱的鐵皮屋——大空無裡的一座島——之中冬眠。一百頭犛牛將乾草原上被冬天弄得奄奄一息的草扯起來嚼。翌日凌晨四點，我們揮別爐火，沿著一條絲帶行走；地圖們證實這彎水帶子就是湄公河。「往上游走四個小時。海拔五千一百公尺的地方會有一座冰斗（cirque）與河的源頭。」看守人慈誠（Tsetrin）這樣跟我們說。所以，九龍江[141]就是它沒錯了：一條結凍的小溪。冰塊劈啪迸裂。我們踩在牛軋糖上，宛如溫泉療養客小心翼翼走在巴登—巴登（Baden-Baden）[142]結冰的水渠上。我們與一具犛牛屍骨錯身而過，食腐動物為它梳洗打理。這些鳥撕碎肉，起飛，倏爾轉彎。這之前，我一直覺得吞噬死者來讓死者再度融歸相當引人入勝。可是這些發紅的脖子、這些羽毛的狂暴，沖淡了我的屍體有朝一日被人扔給禿鷲的渴望。一旦我們看過這些鳥因血而瘋狂，我們會對自己說，說到底，伊夫林省（Yvelines）[143]的墓園裡一方擺著菊花的墓地還是有它的魅力。

我們慢慢溯流而上，我努力去相信：這就是湄公河，高棉的淚河，黃色鄉愁之水，三一七排[144]與活佛之川，纖美的飛天女神（Apsara）[145]與蓮花之河！一道月亮色的小溪，還沒為任何痰唾所染。

海拔五千一百公尺處，我們碰見了一塊石碑，碑上的中國字大概是在昭告河流誕生。

此處，環形的岩堆中，灰色天空的籠罩下，湧現了稻作文明的開端。湄公河流過將近五千公里，橫跨圖博、中國、印度支那（Indochine）[146]，一路來到湄公河三角洲；在那裡，瑪格麗特曾經有個情人[147]。從私人冒險到公共建設，湄公河將流經一項項工程、一個個日子。會有戰役發生。一條大河的源頭蘊藏了東方的提問：為什麼一切源頭都必須分流？為什麼要分開？

目前，一層冰凍住了礫石。這就是源頭，湄公河之「道」，原點，未來的小說。流水將匯聚起來，在山間鑿出一條路。溫暖的空氣將釋放水流，涓涓細流將承載生命：起先是微生物，接著有胃口愈來愈大的魚。河將壯大前行。某個漁人朝河扔出魚網，村民會在此飲水，某座工廠倒進它的髒東西：人類的圈子裡，萬物終於汙水管。海拔下降，大麥生長。再往下，茶、小麥，然後終於有米；有朝一日，一眾支流的盡頭，還有水果。水牛浸浴著。偶爾，一頭豹在蘆葦中吽滋滋嚼著一個孩子。人們會迅速平撫心情，孩子畢竟大量出生著。再繼續往下走：婦人每天汲取已經充滿細菌的水，人們開始疏導河床。皮膚的顏色將漸漸變深。女孩在一座座石砌碼頭上晾乾橘色的床單，少年從小塔上跳進河裡，然後水流緩下來，河彎在它自己的沖積層中膨脹，河流抬高堤壩，景色開闊起來，那將是灌溉著的、上游發電廠照亮的平原。在市集的日子裡，平底的河船一艘艘肩並著肩，蛇優游於半燒焦的屍體間，各國彼此爭奪成為了國界的河邊。巡邏隊將阻截渡人越境之人。各種活動進行著，而河水將與海洋渾融於一。清一色是白人的遊客在浪裡游泳。只是，他們會不會曉得，河水屬於天空的時候，雪豹某一日曾經舔水來喝？

如是的命運降生於此。木尼葉追蹤的動物也誕生於一道源泉。這些動物已經彼此分離。雪豹擁有五百萬年之古的悠久演化支系。如果將地球上的生命比作一條河，這條生命之河曾有過它的源頭、河床、牛軛湖。它尚未停止奔流，誰都不知道它的三角洲會是何等光景。我們人類來自很最近一道支流的支流。在我童年的生物學書籍插圖裡，演化分支是用河口造形的圖表來呈現的。所有的源頭都對自己的能力一無所知。

我們在礫石上待了一小時。接著，用滑的重新下攀。木尼葉尋訪著動物。對他而言，空無一物的景致是一座地下墓室。還好，在海拔四千八百公尺處，一匹狼在一面積雪裡滾來滾去。木尼葉滿意了。

營地裡，我們講述了與狼的邂逅，牧人跟我們分享動物一整年的來訪：冬天會有一、兩頭雪豹，而狼每天都來。說著說著，他把火爐填飽，飽到我們沉入夢鄉。睡眠掠走了源泉的景象。

在最初的湯中

我們往玉樹踏上歸途，歷經一個個圓丘、一座座山峰，從來沒有離開海拔四千公尺。日落時分，我們走在小路上，小路通往隱藏在懸崖後的溫泉。兩匹狼走進車頭的燈光裡。光束烘托出牠們的毛皮那番紅花色的橙黃——夜裡的一道閃電。木尼葉衝出車外。黑暗中，這對鴛鴦大盜小跑步趕著去持械搶劫，如是光景仍持續激動我朋友。他深深吸著冷空氣，尋找野獸的氣息。在阿比西尼亞（Abyssinie）[148]、歐洲、美洲，他曾見過上百匹狼。他仍未滿足。

「有人經過的時候，你沒下車。」我說。

「人還會再經過的。狼啊，稀有。」

「對人來說，人就是狼。」我說。

「是這樣就好了。」他說。

我們來到一座座窪池邊。我們在懸崖背面紮營；晚上十點，攝氏零下二十五度中，我們在滾燙的水裡潑濺水花，蒸氣掩蓋了馬希、木尼葉還有我。理奧在狂風吹拂的高處守著營地。水從岩石的一個凹窩噴湧而出。必須滑進一塊突出的岩石下方。木尼葉知道這地方，前一年他就在此粉墨登場扮演日本獼猴（macaque japonais）[149]。他跟我們形容長野（Nagano）的猴子泡在溫泉裡，煙霧模糊了牠們紅通通的臉蛋，讓牠們的毛像鐘乳石般一撮撮豎起來。

可是這天晚上，我們像是在三溫暖裡交涉地區資源的俄羅斯官僚。我們點燃了貯藏在鋁管裡的上好古巴雪茄（伊比鳩魯二號）。我們的肌膚有了跟青蛙的肚子相仿的質地，我們的哈瓦那雪茄則變得好像棉花糖。星星顫動著。

「我們在太古的泥漿裡潑啊打的。我們是天地之初的細菌。」我說。

「我們還是比那些細菌走運。」馬希說。

「它們永遠不應該從那大鍋裡跑出來。」木尼葉說。

「那我們就不會有貝多芬的《三重協奏曲》了。」我說。

拱頂裡鑲嵌的化石並不與世界之初同壽。它們只不過是冒險的最近一個章節。生命是在四十五億年前，水、材料、氣體的混合物裡誕生的。*Bios*[150]將它的提案投射到每一道罅隙之中，誕下了（除了繁殖的意願外）沒有明顯關聯的地衣、鬚鯨，還有我們。

雪茄煙霧摩挲著那一具具化石。小時候，八歲到十二歲間，我蒐藏化石，知道它們的名字。我朗誦著它們的名字，因為科學的列舉擔當了詩的功能：菊石、海百合、三葉蟲。這些生物擁有超過五億年的歷史。牠們曾盛極一時。牠們曾有過牠們的關懷：捍衛自己，填飽肚子，讓血脈長存。牠們渺小而遙遠。牠們消失了，我們這些人類支配著地球（人類最近才稱王封后，不曉得會持續多久），對牠們漠然無視。牠們的生命卻構成我們到來之路的其中一個階段。忽然，一些生物從浴場脫離出來。其中幾隻——最富冒險精神的那幾位——棲上了岸邊。牠們噓下一大口空氣。多虧牠們吸進的這口氣，我們這些呼吸露天空氣的人類與動物，才會在這裡。

離開這座浴場並不是我生命中最愉快的時刻。必須光溜溜走在半溫不熱的藻類上，跳進我的中國靴子裡，披上我超大件的毛裡大衣，然後在攝氏零下二十度的空氣中回到帳篷。

一言蔽之，離開湯裡，暗夜中匍匐前行，尋得一座避風窩：生命的故事。

也許會回家！

翌日，我們橫越高原，駛往玉樹。司機在小路上猛衝直撞，一邊呢喃著以蓮花為主題的祈禱。他似乎急著歸去，也許急著赴死。嗡嗡的呢喃深深浸染了我，模仿效應產生了，我哼起赫拉克利特那一句*Panta Rhei*：「萬般皆過去，萬般皆消逝，萬般皆淡沒」。我將這一句轉變為一首我自己編造的聖詠：「萬般死亡，萬般重生，萬般復歸而死滅，萬般以己為食糧」。我們駛近玉樹。我們已經開始與行乞者擦身而過；他們衣衫襤褸，朝寺廟匍匐前行。他們與赫拉克利特所見略同，卻對萬物如是波動不感歡欣。他們盡力求取賞賜，避免轉世為狗，或更糟糕的：轉世為觀光客。他們渴望逃離永恆的周而復始。循環流轉、不得喘息，是他們的咒詛。開到他們旁邊時，司機小心翼翼放慢了速度：為了一點都別加深他的罪愆，他不想壓到朝聖者。我透過車窗望著這一群人。我們這科技至上的時代成了動物性的時代，也就是說，變動不居的時代。在西方，這個二十一世紀的開頭，主流思想將人員流動、貨物往來、資本起伏、想法變幻樹立為美德。「出去！」地球圓環當局如此指揮。在此之前，諸文明以植物的規律成熟。它們在一個個世紀之中深深扎根，汲取土地的養分，建造一根根柱子，在不變的陽光中用合適的刺來阻遏毗鄰植物的進犯，以促進自我擴張。模式已經改變了：此後就得在一片片全球莽原中快速移動、不停移動。「動起來，屬於土地的人！向前走！沒什麼好看的了！」

經過通往玉樹的最後一個隘口時，煞車失靈了。司機手握手煞車，高速迴轉了一次又一次，同時加速唸誦真言。在一種病態的、屬於佛教的反射動作中，他一明瞭煞車沒有反應，就踩下油門。他的聽天由命對我發揮了殊勝的影響，我開始覺得這完全講得通。在此一純淨的早晨自我了結，又有什麼關係呢！群巒耀閃，動物君臨山脊，我們的事故絲毫不會影響最後的這群雪豹遨遊往返。

野人的安慰

如果我沒有遇見雪豹，我會不會失望得痛苦無極？在臭氧裡待上三週並不足以殺死我內心抱持笛卡兒主義[151]的歐洲人。比起麻木在盼望裡，我仍舊偏好實現夢想。

萬一失敗了，圖博高原或炙熱的恆河鍛燒出的東方哲學會透過放棄的練習來供給我一種安慰。如果雪豹終未現身，我會為牠沒有來感到開心。這就是彼得・馬修森隨順命運的法門：在事物並未如期而至中，看見事物的虛妄。拉封丹（La Fontaine）[152]的狐狸就是這麼做的：當牠了解到葡萄杳不可及，牠就鄙視葡萄。

我原本可以取法《薄伽梵歌》的神祇來平撫失落。我原本會遵行黑天對阿周那的命令：一心齊平地審視成功與失敗。「雪豹在你面前，要開心；如果牠沒來，更要一樣開心。」黑天會對我呢喃如是。啊，《薄伽梵歌》是何等的鴉片，黑天太有道理了，祂將世界變成一面無有地貌起伏的平原；那些起伏已被靈魂平等之風——睡眠的另一個名字——吹打得粉身碎骨！

又或是，我會復歸於「道」。我會認為「不在」就等於「在」。沒有看見雪豹，對我來說會是一種看見的方式。

走投無路之際，最後還有佛陀。這位花園的王子[153]開示：沒有什麼比期待更痛苦的了。我只要拋下想逮到一頭在岩石間跳躍的動物這樣的欲望就好。

亞洲，無窮無盡的精神藥典；西方呢，也擁有自己的方劑：其一是基督教的秩序，其二是當代的法度。天主教徒用一套半屬自戀、半屬基督的策略來治癒痛苦。這套策略要他們為失望感到慶幸：「主啊，我沒有見到雪豹，是因為我不配領受牠。我感謝祢免去了與牠邂逅的虛榮。」現代人呢，則擁有一種精神安慰：非難。只要把自己看成受害者，就可以不必承認失敗。我原本會如此哀嘆：「木尼葉蹲點的位置選得很爛，馬希製造了太多噪音，我爸媽把我搞到近視！還有，有錢人拿槍把雪豹全都砰砰掉了，我怎麼這麼可憐！」尋找罪魁禍首占據時間，省下了內省的工夫。

但我一點都沒有什麼需要安慰的，既然我已邂逅了岩石之神靈的美麗容顏。牠的樣子悄然滑進了我的眼皮，活在我的心田。我閉上眼睛，就看見牠高傲的貓臉，還有那朝著了不起的精緻口鼻折攏收束的面部輪廓。我見過雪豹，我盜得了火[154]。我的內在懷藏著星星之焰。

我學到了，耐心是一項無上的美德，最優雅，也最為人遺忘。它讓人在企圖改變世界前先愛世界。它吸引人在舞臺前坐下來享受表演，哪怕舞臺上只是樹葉在顫動。耐心是人類對天地給予之物所懷抱的崇敬。

哪一種特質能讓人繪成一幅畫、譜出一首奏鳴曲或寫就一首詩？耐心。耐心總是帶來酬報；在同樣的波動起伏裡，耐心同時對「度日如年的風險」以及「避免無聊的方法」供糧添薪。

等待是一種祈禱。有東西翩然前來。如果什麼都沒出現，那是因為我們不懂觀看。

背面

世界是一盒珠寶。珠寶素來稀罕，人類巧取豪奪了奇珍。有時，我們仍然會在眼前擁有一顆光芒璀璨的美鑽[155]。此時，地球會爍亮著輝煌。心跳加快了，神魂因為夢幻的景象而豐實起來。

動物令人心嚮往之，因為牠們杳無形跡。我不作自欺的妄念：我們無法勘破牠們的奧祕。牠們身屬的諸般起源，生物學已使我們遠離。我們人類早就對牠們全面宣戰。滅絕行動幾乎已克竟全功。我們對牠們一點要說的話都沒有，牠們正撤離、退隱。我們勝利了；很快，除了動物外的我們人類終將形單影隻，捫心自問我們怎麼有辦法大掃除得如此迅速。

木尼葉給予我機會，讓我能掀開雲山霧罩的一角，欣賞地球一眾王子遨遊漫闖。最後的一群雪豹、藏羚羊與亞洲野驢遭到獵捕，倖存下來，淪入匿藏伏隱之中。驚鴻一瞥牠們其中的一員，就是默觀凝想一道業已失逝的美麗秩序：動物與人類的古老契約——前者為存活奔忙，後者寫詩、創造神靈。為了某種無可理解的緣由，我與木尼葉都對這古老的效忠關係湧升一股鄉愁。「對傾圮的事物，憂鬱的忠心。」156

地球也曾是一座無與倫比的博物館。

不幸，人類並非博物館館長。

蹲點靜候要求靈魂長保危疑等待。這樣的練習對我揭露了一樁祕密：加強校準接收的頻率，永遠是有益的。我從來沒有像在圖博的這幾週這樣，活在如此銳利的感官震顫之中。一旦回到家，我將繼續全力以赴觀看世界，細膩審察世界一方方的未知地帶。日程表上沒有雪豹也無所謂。蹲點靜候是一套行為準則。靠它，生命就不會船過水無跡。家樓下的椴樹下，對著天空的雲朵，甚至在朋友的餐桌上，我們都可以蹲點靜候。這世界發生了比我們以為的還要豐繁的事。

飛機啊，這偉大的交通工具。早晨的飛機把我們帶到成都。理奧看書。馬希凝視木尼葉。木尼葉望著機窗外。所以，愛情並不意味著注目「同一個方向」。馬希思索未來，木尼葉正與雪豹道別。我想著我那一個個心愛的不在了的人。每頭現身的雪豹上，她們都對我呈顯自己的一縷輝光。

成都，一千五百萬居民，歐洲人對它毫無所悉。對中國人來說，一座中等城鎮。對我們來說，則是菲利普．狄克（Philip K. Dick）[157]的夢魘中那種精子培養皿，燈泡熱烈了巷弄，巷弄中的水窪映照著一檔檔肉攤高掛的一塊塊肉。

午夜時分，我們走在平靜、人人相似、緩慢浪潮般波動的人群中。對我，一個法國小中產階級來說，景象真詭異：一群平民百姓，沒有摻雜其他人，沒有受過軍事訓練，沒有人發號施令，卻步伐一致地前進。

明天我們回巴黎。現在，一整個夜晚等我們殺時間。我們在市中心的公園會合。木尼葉喊：

「看上面！」

一頭倉鴞往公園飛去，光束拍擊著牠的翅膀。就連在這裡，木尼葉也追索荒野的訊息。人與動物世界的默契讓人能忍受在都市這座墓園逗留。我向馬希和理奧講述塔伐耶（Tavae）這位遭遇船難的玻里尼西亞人的故事，他乘著小船在太平洋上漂流了好幾個月，每天靜靜看著水桶裡蒐集的浮游生物，甚至還與這些微生物一起高談闊論。這樣的鍛鍊使這位船難受難者免於與自己——也就是說，與憂鬱——直面交鋒。

觀看動物，就是將眼睛湊上祕妙難言的門孔[158]。門的那一邊，一個個伏隱於後的世界。沒有語言文字能翻譯，沒有畫筆能描繪。我們只能在千鈞一髮中，捕獲它們的一縷閃爍。威廉・布萊克（William Blake）[159]在《地獄箴言》（*Proverbes de l'enfer*）中說：「因此你難道不明瞭，哪怕隨便一隻凌飛空際的鳥，都是你五感無以窺探的無垠極樂世界？」不，威廉啊，明瞭的！我與木尼葉明瞭我們並不明瞭。這就夠讓我們開心了。

有時連看見動物都不需要。僅僅是追想牠們的存在，就足堪慰魂撫心。靠著描繪群象馱運的場景，關押於滅絕營的人撐持住了自己的精神，羅曼・加里（Romain Gary）[160]在《天之根》（*Racines du ciel*）的開頭如是講述。

我們抵達了那座公園。園遊會很成功。旋轉木馬旋轉，擴音器持續放送，油炸餅的蒸氣裹住了閃爍的光線。就連小木偶皮諾丘也會覺得噁心。看板也沒忘了高掛共產黨的宣傳。中國人民兩面皆輸。政治上，他們遭受社會主義強制支配；經濟上，他們在資本主義的洗衣機裡旋轉。他們是現代鬧劇裡的雙頭火雞[161]，小旗子上畫的是鎚子與演算法[162]。

雷射光的世界裡，貓頭鷹還剩下什麼位置？全世界都痛恨孤獨與靜默這不幸者最後的歡愉，雪豹又如何復歸？

但說到底，這些焦慮又所為何來？還有神奇的旋轉木馬跟冰淇淋啊。有什麼好抱怨的？園遊會還在繼續，為什麼不去加入呢，當我們翩翩起舞，動物又有什麼重要的？

木尼葉哀求我們離開公園。這個嘉年華會讓他心煩意亂。他可是有著堅強神經的人呢。跨出大門時，他指著天空：「你們看，月亮！」一輪滿月。「這是眼睛看得到的最後一個荒野世界。在公園裡，燈泡裝飾害我們看不見它。」他不曉得，一年後，中國人會在月球背面放上一具遙控機器。

我們已經跟地球做了了結。
如今宇宙即將要認識人類。
陰影蔓延著。
再見了雪豹！

凡森·木尼葉多次旅宿高原期間拍攝的圖博動物相片由寇巴蘭出版社（Kobalann）出版為攝影集，題為《動物、礦物的圖博》（*Tibet minéral animal*），並附席爾凡·戴松的詩。

注釋

前言

1. 凡森．木尼葉（Vincent Munier），野生動物攝影師，作者的好友，即作者在放映會上邂逅的對象。
2. 蹠行（plantigrade），哺乳動物的一種行走方式，走路時腳掌全部著地。人類、兔、鼠、刺蝟、浣熊、臭鼬及其他諸多生物採取蹠行。
3. 位於西伯利亞東北方。
4. 法國昔日的一省，包圍著大巴黎地區。
5. 原文談到動物現身，多用apparition一字；根據文氣，譯文中將有多種譯法：「現身」、「顯現」、「現蹤顯形」等等。值得注意的是，二〇一九年十一月四日在巴黎詩之家（Maison de la Poésie）的一場作者分享會，戴松談到了這個字背後的隱義：apparition除了作「問世、出現」解，更有宗教上「顯靈、顯聖、顯現、幻象」之意。因此，選用這個字，為書中各種動物，尤其是雪豹的出現，微微敷上一層靈魂的、精神的色彩；雪豹出現，影像收攝入眼，心卻不敢置信，因此也幾近一道幻象。

6. 法國大東部（Grand Est）大區的一個省分，位於歷史上的洛林（Lorraine）地區，得名於占有當地廣大面積的佛日山脈（massif des Vosges）。

7. 法國的軍用地圖組，最早的版本於一八七五年發行。

8. 這一句話或可有兩種解釋：「雪豹的現況讓我們覺得牠已經消失。」或是「雪豹有意讓我們覺得牠已經消失。」作者在文字中，為雪豹的形象、雪豹的現身、雪豹的意義敷上一層淡淡的超現實色彩，雪豹在作者的筆下成為若真似幻的精魂。由是觀之，第二種解釋似更得堂奧。

第一部

1. 此處引用的是露德聖母的典故：一八五八年，在法國的露德這個地方，時年十四歲的貧窮牧羊女伯爾納德・蘇比魯宣稱在二月至七月之間，見證了十八次聖母瑪利亞的顯現。她過世後，天主教會冊封她為聖人。

2. 原文為Si je rencontrais l'animal, je lui dirais plus tard que c'était elle que j'avais croisée un jour d'hiver sur le plateau blanc.，文法與文意上，「我會跟她（作者失去的女孩）說」、「我會跟他（木尼葉）說」、「我會跟牠（雪豹）說」都通，端看讀者如何「創造性誤讀」。

3. 原文為de beaux chevaliers peuls à la triste figure，直譯為「一群俊俏而神色哀傷的非洲富拉尼族騎士」。唯此處可能使用了唐吉訶德有「苦面騎士（chevalier à la triste figure）」這個綽號的典故，故姑作此譯。否則，直譯如上亦無不可。

4. 馬希・阿密蕨（Marie Amiguet）。

5. 理奧—珀勒・賈克果（Léo-Pol Jacquot）。

6. 又譯「藏北高原」。

7. 即青藏公路格爾木—拉薩段。

8. 一種野生綿羊，擁有螺旋形或彎曲的大角，咸認是家養綿羊的祖先。

9. 即「瑪尼石」，是刻有六字真言、佛經段落或是其他吉祥話語的石頭，信徒相信敬獻瑪尼石能得福報；同一處的瑪尼石不斷堆疊，即成「瑪尼堆」，即作者提到的「石堆」。信徒繞轉之，祈福、修行、朝聖。

10. 即「六字真言」。原文意譯為「汝得解脫，珍寶於蓮花中」。

11. Kurt Donald Cobain，一九六七—一九九四，美國油漬搖滾（grunge）靈魂人物，Nirvana（超脫樂團）主唱。

12. 即「茨岡人」、「吉普賽人」。

13. 古希臘詩人赫西俄德在其教訓詩《工作與時日》中提出了人類共將經歷的五個時代：黃金時代、白銀時代、青銅時代、英雄時代、黑鐵時代。於此謹自《工作與時日》的法文譯本迻譯有關「黃金時代」的部分文句：「當是時，人與神一般生活，心無罣礙，無苦痛，無貧病。可哀的衰老不臨到。手、臂、膝長保年輕，於盛宴之中歡笑，遠離一切惡事。死亡宛如沉睡。」

14. 亦稱煤玉、煤精，烏黑晶亮，可作寶石。

15. 作者的母親，瑪席—克勞德・戴松—米耶（Marie-Claude Tesson-Millet，一九四二—二〇一四）是醫學博士，專精風溼病學與熱帶醫學。

16. 克諾索斯宮是位於希臘克里特島的考古遺跡，屬於西元前二七〇〇年至前一二〇〇年的米諾斯文明。該遺址於一八七八年被人發現，相傳是希臘史詩中記載的宙斯與歐羅巴之子——克里特國王米諾斯（Minos）的王宮。根據傳說，米諾斯乞求海神波賽頓助其取得王位，波賽頓答允，賜其一頭潔白公牛以獻祭；順利登基的米諾斯卻私心作祟，以其他牛偷換此牛獻祭，因而觸怒海神，海神使米諾斯之妻、克里特皇后誕下了牛頭人身、性情殘暴的米諾陶（Minotaure）。米諾斯依從神諭，建造了龐大複雜的迷宮，將米諾陶關在裡面。爾後，雅典王子忒修斯（Thésée）進入迷宮，殺死了米諾陶。那頭潔白的公牛肆虐各地，亦被忒修斯剿滅。

17. 一八二三—一八九二，法國作家、文獻學家、哲學家、歷史學家。

18. 十九世紀法國浪漫主義畫家。象徵法蘭西共和國精神的名作〈自由領導人民〉（La Liberté guidant le peuple）即出自他的手筆。

19. 十九世紀法國劇作家，以輕喜劇（vaudeville）聞名於世。

20. 巴黎現存最古老的橋梁，橫跨西堤島，聯絡塞納河左右岸。

21. （作者原注）Eugène Labiche, *Les vivacités du Capitaine Tic*.

22. 多為皮質，法國都市雅痞男士、年輕中產階級常見穿著。

23. 指稱從西伯利亞一路到喜馬拉雅山脈的亞洲地區，包括蒙古、新疆、圖博等地，擁有廣大的高海拔區域。

24. 指一特定時間及空間（地理空間或生態系）中的全體動物。

25. 《西藏度亡經》與埃及的《死者之書》相似之處在於皆是教導死者如何到達下一階段（解脫、來世）的法門。唯前者為藏密開山祖師蓮花生大士所著，後者則無統一版本，因個人生平而異。

26. 古希臘哲學家。

27. 一九二九—二〇〇七，法國哲學家，臺灣譯有其《物體系》、《美國》等作品。

28.（作者原注）Jean Baudrillard, Préface au catalogue de l'exposition de Charles Matton au Palais de Tokyo, 1987.

29. 法國東南角的一個山谷地帶。

30. 作者在西伯利亞貝加爾湖畔的小屋待了六個月，後將其寫成日記隨筆：*Dans les forêts de Sibérie*。臺灣有譯本：《貝加爾湖隱居札記》。

31. Psaume，天主教稱聖詠，基督新教多稱聖詩、詩篇、詩歌等。與許多法國人相同，作者生長在天主教為多數信仰的環境中，故茲循天主教版本，譯為「聖詠」。

32. 本名為塞拉菲娜·路易（Séraphine Louis），一八六四—一九四二，為一未受過藝術訓練的法國素人藝術家。出身卑微貧窮，以牧羊、幫傭維生，同時私下作畫，後為德國藝評家、收藏家、畫商 Wilhelm Uhde 發掘，獲得藝界聲名。三〇年代的經濟大蕭條讓她失去支持，生活起伏、日漸潦倒，最後於一間精神病院中死於營養不良。與臺灣的洪通一樣，她的作品也展現了頗有相似之處的素人風格：斑斕的色彩、盈滿的布局、天真的、未受訓練的、宛若出自童騃之手的線條，以及來自生活經驗（宗教、民俗、自然等等）的奇想。

33. 一四五〇—一五一六，荷蘭畫家，風格突破傳統宗教畫，擅以宛如日後「超現實」的手法，冶諷刺與道德教訓於一爐，表現天堂、地獄、塵世、罪愆等主題。作品包括收藏於西班牙馬德里普拉多美術館的〈人間樂園〉（Le Jardin des délices）等。

34. 這是尼采在《查拉圖斯特拉如是說》中提出並批判的概念。「後世界」的思想，意指所有認為除了現世之外，另有在其之上、之後的更好世界的信仰。

35. 一五八五—一六四二，法國政治人物，法王路易十三的首相，對法國歷史擁有重大影響，咸認為現代法國的奠基者之一。

36. 位於中東的庫德族聚居地帶，橫跨敘利亞、伊拉克、土耳其、伊朗四國的國境。

37. 即白俄羅斯。該國官方希望統一中文譯名為「白羅斯」，故從其譯。

38. 法國布列塔尼大區的一座島嶼，位於北大西洋的比斯開灣，是旅遊、度假勝地。

39. 「唵」是由梵語A、U以及M三個各具意義的音素構成的音節，在佛教、印度教、耆那教等宗教皆有神聖地位，常出現在真言之中，如六字真言的第一字即為「唵」。

40. 亦音譯為「卡俄斯」。

41. 這並非一般的湯，而是「太古濃湯」（soupe primordiale），又稱「原生湯」。這是一項地球生命起源的理論，該理論主張約四十二億年前，地球上的環境讓組成生命的要素如RNA等出現，並隨著各種化學反應隨機聚合發展，逐漸產生更複雜的生命形式。

42. 文藝復興時期在歐洲出現的收藏家的擺設，乃是一櫃或一房間，其中雜駁地陳列著珍奇的收藏，諸如自然史相關的藏品（動物、植物、礦物）、古文物、藝術品、機械裝置等等。珍奇屋往往向公眾開放，並於之後成為許多博物館、美術館、植物園的主要收藏來源。

43. 一七七二—一八〇一，德國人，集哲學家、小說家、詩人、法學家、地質學家、礦物學家、礦務工程師於一身，為早期德國浪漫主義的代表人物。

44. （作者原注）Novalis, *Grains de pollen*.

45. 一八九五—一九九八，德國作家，曾參與兩次世界大戰。作品以小說、自傳、隨筆、日記為主。二戰後熱衷昆蟲研究，尤其醉心於鞘翅目。一九八二年獲頒德國法蘭克福「歌德獎」（Prix Goethe de la Ville de Francfort）以表彰其終身文學成就。

46.（作者原注）Ernst Jünger, *La cabane dans la vigne.*

47. 有趣的是，作者此處選用的「碎片」的法文字是tesson，剛好是作者的姓。作者對此也有意識，行文或訪談時偶爾也幽自己一默或據此闡述衍義。姑作此譯注，也許讀者能從小處讀出深長意味。

第二部

1. 即「唐卡」（thangka）。源於印度，為藏傳佛教重要的藝術表現形式。構圖繁密、色彩輝煌，表現主題有藏傳佛教神祇、真言、六道輪迴、高僧喇嘛等。

2. 一八八五—一九六二，丹麥作家，亦使用伊薩克・狄尼森（Isak Dinesen）等筆名。多次獲諾貝爾文學獎提名。曾在肯亞生活。作品有自傳小說《非洲農場》、短篇小說集《七個哥德故事》（*Sept contes gothiques*）等。

3. 肯亞的一列山丘，位於東非大裂谷上，鄰近肯亞首都奈洛比。

4. 凱倫・白烈森的自傳小說，其後改編為電影。正體中文譯本書名為《遠離非洲》。

5. 原文為escalier de service，即「服務專用樓梯」，為大宅或公寓中，專供家務人員（僕傭、廚師等）及送貨員等行走的樓梯，連接廚房及幫傭房等地點。茲斟酌文意，譯為「隱密的樓梯」。

6. 即英文。由此可見作者的幽默感。

7. 一九二七—二〇一四，美國作家、自然學家，作品橫跨虛構與非虛構，擅長書寫荒野自然。為唯一一位美國國家書卷獎（National Book Awards）的小說、非小說類皆得過的作家。

8. 亦寫作Dolpa，乃是尼泊爾西北部一塊北面與圖博接壤的地區，位於喜馬拉雅主山脈——大喜馬拉雅山帶（Grand Himalaya）之北，當地的人文與自然地理都與圖博密切相關。

9. 原文為évangile selon Schaller，乃是幽默地挪用聖經福音書的標題格式，如《路加福音》在法文中題為Evangile selon Luc，故茲譯為《夏勒福音》。其實指的就是前文述及的《圖博乾草原的野生動物》一書。

10. 亦譯為「喀什米爾羊毛」。

11. 即包圍著目鏡的環圈。人透過望遠鏡觀看時，眼睛會緊貼眼環。

12. 原文為Lucette。Lucette是二十世紀上半葉流行於法國的女性名字。據法國國家統計與經濟研究所（INSEE）統計，Lucette的命名高峰在一九二〇至四〇年代；五〇年代以後，命名為Lucette的新生兒數量逐年下降，八〇年代以後法國幾無新生兒以Lucette命名。因此，今日法國以Lucette為名的多為中老年女性。作者應是意欲營造一鮮明的中老年貴婦人形象，故以Lucette為代表。姑譯為「呂絲黛太太」。

13. 為天主教在感恩（聖體）聖事之中使用的無酵餅。天主教臺灣地區主教團出版的《天主教教理：簡編和全部條文》引用特倫多大公會議聲明：「藉由餅與酒的被祝聖，餅的整個實體，被轉變成為我主基督身體的實體；酒的整個實體，被轉變成為祂寶血的實體。」

14. 原文直譯為「太古的統一體」，與道家的「太一」相符。《郭店楚簡．太一生水》：「四時者，陰陽之所生也。陰陽者，神明之所生也。神明者，天地之所生也。天地者，太一之所生也。」有趣的是，該篇提到：太一首先蘊生的，是水——這與作者徵引的「太古濃湯」此一生命起源假說有對讀之妙。

15. 又名《老子》。

16. 《道德經》原文為「載營魄抱一，能無離乎？」。這一句及其後《道德經》第一章、第十六章的引文，作者乃是引用Kia-hway Liou翻譯、Gallimard出版社出版的《道德經》法文譯本原句。此一法文譯本並未採用拉丁文、古法文或中古法文作為譯出語言，而是以現代法文翻譯的，近乎於先譯為現代中文，再將現代中文譯為現代法文。是故，此處為保留閱讀效果，茲不直接置換回《道德經》原文，而是重新將《道德經》該版本的法文譯文譯回現代中文，並以譯注注明《道德經》原文。

17. 此乃引用《道德經》第一章的句子：「無名，天地之始；有名，萬物之母。」《道德經》第一章全文：「道可道，非常道；名可名，非常名。無名，天地之始；有名，萬物之母。故常無，欲以觀其妙；常有，欲以觀其徼。此兩者，同出而異名，同謂之玄。玄之又玄，眾妙之門。」

18. 雪巴人是一支主要居住於尼泊爾東北部喜馬拉雅山區的民族，祖先是跨越崇山峻嶺、移民至當地的圖博人。雪巴人以其常為登山者擔任嚮導及負重者而聞名。

19. 又稱垛口、垛牆，乃是城牆上方呈鋸齒狀凹凸的部分，常見於昔日的堡壘，能加強攻擊與防禦。

20. 社會科學及人類學的一個流派，以人類學與心理分析兩者交織的角度來觀照社會。

21. 此處用的是希臘史詩《奧德賽》（*Odyssée*）的典故。《奧德賽》主角——伊薩卡島國王奧德修斯（Odysseus）因參與歷時十年的特洛伊戰爭、之後又因用計刺瞎海神波賽頓之子——一名獨眼巨人（cyclope），遭到波賽頓詛咒，在地中海又多漂流了十年才得以返回故鄉伊薩卡島。其妻潘妮洛碧在丈夫行跡杳然的二十年間堅信其夫將歸，誓不改嫁。她對一眾追求者宣稱手上的布織完的一天才會再婚，一邊白天織布、晚上將織好的布拆開。兩人歷盡劫波，終得團圓。

22. 一八〇三—一八六九，法國浪漫主義作曲家、指揮家、樂評家、作家。主要作品有《幻想交響曲》（*Symphonie fantastique*）、交響戲劇《羅密歐與茱麗葉》（*Roméo et Juliette*）、戲劇傳奇四部曲《浮士德的天譴》（*La Damnation de Faust*）等。

23. 指一個物理或化學特性相對同質的空間，其中住著由動物、植物、真菌、微生物組成的「生物群落」（biocénose）。「生物群落」與其所在的「群落生境」聯合構成「生態系」（écosystème）。

24. 此處用莎士比亞悲劇《哈姆雷特》的典故：哈姆雷特的父親——丹麥國王崩逝，哈姆雷特之叔娶了新寡的王后並登基為王。丹麥城堡有站崗的哨兵在城牆上撞見前國王的鬼魂，之後哈姆雷特上城牆徘徊查看，其父鬼魂告訴他，自己是被弟弟、現任國王謀害。

25. 埃爾斯米爾島為世界第十一大島，居加拿大北極群島（Archipel arctique canadien）最北端，位於北極海西北航道上。地近格陵蘭，風驟山多，乾燥酷寒，幾無人煙。

26. 堪察加半島位於俄羅斯遠東地區，地廣人稀，氣候溼冷。

27. 一八七八—一九一九，法國詩人、小說家、民族學家、考古學家、漢學家、醫生。

28. 法文中h不發音，因靜默而成深淵。

29. 一九〇七—一九六四，美國生態學家、海洋生物學家。早年在美國漁業局服務，之後專事寫作，成為影響力廣泛的暢銷作家。作品有《海風下》（*Under the Sea Wind*）、《大藍海洋》（*The Sea Around Us*）、《海之濱》（*The Edge of the Sea*）、《寂靜的春天》（*Silent Spring*）等；以上皆有正體中文譯本。《寂靜的春天》尤其享譽全球，成為環境保護運動的轉捩點，扭轉了美國的殺蟲劑政策，導致DDT等殺蟲劑禁用，更間接催生了美國國家環境保護局（United States Environmental Protection Agency）。其逝世後獲美國總統追贈總統自由勳章（Presidential Medal of Freedom）。國際獎項「瑞秋・卡森獎」（Rachel Carson Prize）以其命名，旨在表揚對環保有貢獻的人士。

30. 一九〇四—二〇〇一，法國農學家（agronome）、社會學家、生態學家、工程師、大學教授、和平主義者，以投身生態運動、關注發展中國家的農業而聞名。一九七四年，他標舉生態主義者的名號參與法國總統選舉，是法國史上第一人。著作等身，出版近七十部著作。

31. 一九〇三—一九八九，奧地利生物學家、動物學家，一九七三年獲頒諾貝爾生理醫學獎。在動物行為學此一領域有承先啟後的泰斗地位。著作影響廣大，正體中文譯本有《所羅門王的指環：與蟲魚鳥獸親密對話》（*Er redete mit dem Vieh, den Vögeln und den Fischen*）、《和動物說話的男人》（*So kam der Mensch auf den Hund*）、《和動物生活的四季》（*Das Jahr der Graugans*）等。

32. 一九〇六—一九九九，瑞士自然學家、雕塑家、作家、哲學家。以大自然與野生生物為寫作旨趣。

33. 亦可意譯為：對牛彈琴。

34. 原文為gauchiste，依時下流行辭彙譯為「左膠」亦未嘗不可。

35. 原文為Il a souffert de la Terre dans sa chair，或可有兩種解釋。第一種：木尼葉之父在他的血肉中感受到地球這種痛苦，地球對他來說是一種引致痛苦的病因；第二種：地球是木尼葉之父身軀的一部分；正如頭痛、牙痛、心臟痛，木尼葉之父苦於「地球痛」——地球是木尼葉之父的一部分，它受苦，他亦受苦。

36. 此乃引用《道德經》第十六章的句子：「萬物並作，吾以觀復。夫物芸芸，各復歸其根。歸根曰靜。」《道德經》第一章全文：「致虛極，守靜篤。萬物並作，吾以觀復。夫物芸芸，各復歸其根。歸根曰靜，靜曰復命。復命曰常，知常曰明。不知常，妄作凶。知常容，容乃公，公乃全，全乃天，天乃道，道乃久，沒身不殆。」

37. 三五四—四三〇，羅馬基督教神學家、哲學家，中文亦稱「聖奧古斯丁」。出生、逝世於今日北非的阿爾及利亞，為四位拉丁教父（Pères de l'Église latine）、三十六位天主教聖師（docteur de l'Église）之一。中年時梳理、思索自身今昔，寫下《懺悔錄》（*les Confessions*），對文學及基督宗教神學產生重大影響。另著有《上帝之城》、《論秩序》、《論三位一體》、《論自由意志》、《論信望愛》、《論原罪與恩典——駁佩拉糾派》等作品。

38. 一塊橫跨今日中東土耳其、以色列、巴勒斯坦、約旦、黎巴嫩、敘利亞、伊拉克、伊朗等國的地帶。歷史上，此地擁有足夠雨量、有野生穀物生長，並適合家畜（牛、山羊、綿羊、豬）生存，農業因而在此誕生；上述家畜的馴化亦有可能發生在此。是一眾古文明的搖籃。

39. 此乃引用《道德經》第四十章的句子：「天下萬物生於有。」《道德經》第四十章全文：「反者道之動；弱者道之用。天下萬物生於有，有生於無。」

第三部

1.（作者原注）« ... *poétiquement toujours/Sur Terre habite l'homme* ». Hölderlin, in « En bleu adorable ».

2. 此為天主教《思高聖經》版本譯文。新教通行的《聖經和合本》寫作〈創世記〉，該處譯文為「要生養眾多、遍滿地面、治理這地」。

3. 位於烏茲別克的歷史名城，西元前七世紀建城，為伊斯蘭文明重鎮、遠東與中東交流樞紐、中亞數一數二古老的人類連續居住城市。聯合國教科文組織（UNESCO）以「處在文化十字路口的撒馬爾罕城」（Samarkand–carrefour de cultures）之名將其列入世界遺產。

4. 蒙古國首都。

5. 普魯斯特《追憶逝水年華》（*À la recherche du temps perdu*）中一座關鍵的虛構市鎮，可能是以法國諾曼第大區的卡堡（Cabourg）為靈感來源。

6. 一萬年前直到今天的地質年代，屬於顯生宙新生代第四紀。

7. 火山噴發的產物，質輕、多孔。

8. 亦稱「火石」，一種沉積岩，為天然、原始的生火工具。

9. 全名為「勒圖凱—巴黎—海灘」（le Touquet-Paris-Plage），位於法國上法蘭西大區加來海峽省，地近法國本土極北處，濱英吉利海峽，除海灘外亦有森林與古蹟，為法國本土著名度假勝地、海水浴場。

10. 古斯塔夫・庫爾貝（Gustave Courbet），一八一九—一八七七，法國畫家、雕塑家，寫實主義宗師。以尖銳嶄新的風格、顛覆傳統畫題階級的主題，與學院派、浪漫主義、理想主義對壘，衝擊主流畫壇，拓展藝術邊界。作品超過一千件，包括〈奧南的葬禮〉（Un enterrement à Ornans）、〈絕望者〉（Le Désespéré）等。

11. 橫跨法國與比利時法語區的地帶，屋宅傳統，以磚或石建造，星星點點散落在綠樹分隔的田園、平緩起伏的山谷、草場之間。

12. 《卜法與佩曲學》（*Bouvard et Pécuchet*）是古斯塔夫・福樓拜（Gustave

Flaubert）未完成的小說遺作，情節如下：卜法與佩曲學在一個夏季的星期日相遇於巴黎一處長凳上，一談之下一見如故、相見恨晚，發現彼此皆以文書抄寫（copiste）為業，志趣抱負亦相投，在諸般因緣下，兩人搬赴鄉村同居，開始對人類知識——農業、科學、考古學、文學、政治、愛、哲學、宗教、教育等，進行一樣樣的實踐，卻輪番以災難性的失敗收場。根據作者遺留的小說大綱，兩人最後厭倦了一次次的失敗，決定重操繕寫員的舊業。這部小說喜劇色彩濃厚，寓有福樓拜對其同代人的譏諷批判。

13. 位於法國中央－羅亞爾河谷大區安德爾省，為法國傳統地區（pays traditionnel de France），境內有布雷訥區域自然公園（parc naturel régional de la Brenne）。

14. 較正式的名稱為「下木」、「下層植物」、「下層植被」、「地被植物」，指地面與林冠之間的全體森林植物。

15. 又名「藏原羚」。作者記載在圖博看見的羚羊應皆是藏羚羊；瞪羚應皆是藏原羚。

16. 位於法國、義大利邊界，為阿爾卑斯山脈最高峰、西歐最高峰、歐洲第六高峰（前五高峰皆位於高加索山脈）。最新（二〇一七年）測得高度為海拔四八〇八・七二公尺。

17. 可能是《愛在草場上》（L'Amour est dans le pré）的諧擬。《愛在草場上》是法國一檔電視實境秀，主題是為不限性別、年齡的農人徵求愛情。

18. Gargouille，為舊日建築物（特別是教堂）的排水設計，通常雕為人像、動物或怪獸之形，雨水從其口凌空排出。巴黎聖母院的滴水嘴獸為其中數一數二知名者。

19. 法國西南角一省，隸屬新亞奎丹（Nouvelle-Aquitaine）大區，濱大西洋。

20. 美洲原住民的一支，生活於北美洲中部至東南部。

21. Antiquité是一個模糊的歷史概念，指接續史前時代的時期；文字的出現讓史前時代過渡到Antiquité。不同地域、不同文明的Antiquité意義不同。歐洲的部分，Antiquité位居史前與中世紀之間；以西歐來說，西元四七六年西羅馬帝國滅亡是Antiquité約定俗成的終點，Antiquité常泛稱為「古典時代」、「古希臘、古羅馬時代」等。

22. 此處或有文字遊戲：法文裡，「擊錘」與「狗」同一字。

23. Politburo中文稱為「政治局」或「中央政治局」，是各國共產黨、尤其是在共產國家掌權的共產黨的核心權力機構。

24. 若以邇來另一流行語譯之，或許更為貼切：「說幹話」。

25. 哺乳動物在大腦外層的組織，是大腦皮質的一部分。

26. 碎形為一類幾何圖形，其一部分放大後與圖形整體相仿。在此意指動物、植物、單細胞生物、新皮質皆是同一首詩尺寸不同的版本。

27. 即「太古濃湯」，見第一部譯注41。

28. 可能有隱義：作者此處為「碎片」選用的字是tesson，恰是他自己的姓。

29. 《圖書館學與資訊科學大辭典》由程麟雅撰寫的「模控學」詞條部分如

下：「模控學是研究通訊與控制的科學，跨越了多種學科，尋求不同事物間共通的原理、原則，特別著重研究動物體內的控制和聯絡系統，及機械和製造程序的自動控制系統兩者間的相似性。」http://terms.naer.edu.tw/detail/1680018/

30. 卡爾・林奈（Carl Linnaeus），一七〇七－一七七八，瑞典自然學家，建立了現代生物二名法（屬名〔名詞〕加上種小名〔形容詞〕）的基礎，為生物學帶來關鍵變革。

31. 亦稱「跳蛛」。

32. 亦稱「世界爺」。

33. 即生物分類階元——界、門、綱、目、科、屬、種——中的門。

34. 杜鵑鳥將卵下在其他鳥類的巢中，讓宿主代為孵蛋、餵養，此種行為稱為「巢寄生」；吸蟲包括肝吸蟲、肺吸蟲、血吸蟲等，以人、魚等為宿主。

35. 一八四八年誕生於英國的藝術運動，認為文藝復興以降的藝術日趨矯揉造作，工業革命則敗壞了風俗。主張師法早於拉斐爾的十五世紀義大利藝術家，並盼望加強藝術的教化功能。偏好的題材為文學、詩、聖經、中世紀。著名作品有約翰·艾佛雷特·米萊（John Everett Millais）的〈歐菲莉亞〉（Ophélie）等。

36. 乃天主教宗教家、義大利與生態主義者的主保聖人。他有許多與動物互動的傳說，好比他能與鳥溝通；另一次，他路過一為狼所荼毒之城，挺身與狼交談，以天主之愛感化牠並與牠握手定約：從此，牠不愁食糧，亦不可再傷人。

37. 或為文字遊戲：原文「Un chat dans une gorge」是法文諺語，意為「如鯁在喉」。

38. 水溶蝕岩石所形成的地形，以石灰岩為主，由橫跨義大利、斯洛維尼亞、克羅埃西亞三國的喀斯特高原命名。臺灣的恆春半島等地亦有喀斯特地形蹤跡。

39. 兩面山壁之間形成的狹窄過道。

40. 又譯夏爾·佩羅，一六二八—一七〇三，十七世紀法國文豪，投身採集、記錄法國口述傳統中的童話故事，為童話躋身文學文類之一奠定了基礎。著作中最知名的是童話集《鵝媽媽的故事》（*Les Contes de ma mère l'Oye*），內有睡美人、小紅帽、藍鬍子、灰姑娘等家喻戶曉的故事。

41. 根據法國國家文本與辭彙資源中心以及芝加哥大學出版社的《全球野生貓科動物》，「once」一詞源自古希臘語，指稱中等身形的貓科動物。此詞拉丁化後，又進入法文，輾轉變化為once，又從法文再度拉丁化，成為雪豹的學名「*Panthera uncia*」中的種小名uncia。

42. 雪豹在法文中有panthère des neiges、once、léopard des neiges、irbis等名稱，前兩者是陰性詞，後兩者是陽性詞。作者稱雪豹為「女皇」應有兩個原因：一、作者選用來指稱雪豹的panthère des neiges在法文是陰性詞；二、作者將自身對離去的伴侶、逝世的母親的回憶，與雪豹重合為一。

43. 位於西伯利亞南方，橫跨蒙古、俄羅斯、哈薩克、中國的一道山脈，

44. 一八八六—一九二一，沙俄將軍，俄國內戰時身屬白軍、對抗紅軍，曾進

軍蒙古，驅逐中國人，恢復博克多汗（Bogdo Khan）政權。外號「瘋狂男爵」、「戰神」、「高貴戰士」。第十三世達賴喇嘛描述其為密宗重要神祇——大黑天的化身。

45. 君士坦丁堡牧首聶斯脫里（三八六—四五一）教義與主流教派不同，被認定為異端；其及追隨者的教會通稱聶斯脫里派，以波斯為中心，稱「波斯教會」、「東方教會」或「亞述教會」，向西亞、中亞、東亞傳布，唐時入中國，稱「景教」，當時傳教狀況有「大秦景教流行中國碑」等文物記載。

46. 約當今日所稱之「突厥斯坦」或中文所稱之「西域」。

47. 一八七八—一九四五，法國漢學家、圖博學家、敦煌學家、東方學家、語言學家、探險家、人類學家、考古學家、藝術史學家、法蘭西公學院教授，通曉十三種語言，考察敦煌時為法國購入大量文物珍品，對法國漢學界影響深遠。

48. 中亞的一個地區，約當於裏海與戈壁沙漠之間，為突厥語族各民族所居之地。伯希和最著名的考古行動是敦煌考察，敦煌即位於突厥斯坦。

49. 作者將雪豹女性化的可能原因請見第三部譯注42。

50. 一八四五—一八八六，以修建新天鵝堡聞名。

51. 亦譯「法蘭德斯巴洛克藝術」，有魯本斯等名家。

52. 「手法主義」又譯「風格主義」、「矯飾主義」。

53. 即「埃及豔后」。

54. 位於今日摩洛哥境內的柏柏爾、羅馬古城，為柏柏爾人在公元前建立的茅利塔尼亞王國之首都。

55. 敘利亞古城。瓦盧比利斯與帕邁拉皆名列聯合國教科文組織世界遺產。

56. 亦譯「亞歷山卓」，得名於亞歷山大大帝，為埃及第二大城、地中海大港。歷史悠久，在地中海文明舉足輕重。

57. 古希臘、希臘化時代的一門宗教，淵源於希臘神話中的英雄奧菲斯

（Orphée）。

58. 二三—七九，古羅馬作家、史學家、自然學家、羅馬政務官、軍人、哲學家、詩人，知名作品有《自然史》（*Histoire naturelle*，亦譯《博物志》）。

59. （作者原注）老普林尼，《自然史・卷八》。

60. 北非的阿特拉斯山脈有阿特拉斯獅（lion de l'Atlas，又名巴巴里獅）、阿特拉斯棕熊、北非豹等猛獸，皆瀕危或已滅絕。德拉克洛瓦對貓科動物情有獨鍾，不少作品描繪虎、獅，如〈嬉戲中的母虎與幼虎〉、〈老虎攻擊野馬〉、〈老虎吞噬印度女人〉、〈老虎玩烏龜〉、〈母獅攻擊馬〉、〈獅吞食兔〉、〈獵獅〉等。

61. 一七九六—一八七五，法國寫實主義畫家、版畫家，巴比松畫派（école de Barbizon）元老。

62. 巴克斯是希臘神話的酒神戴奧尼索斯（Dionysos）的羅馬名字。

63. 尚—巴蒂斯・柯洛，〈酒神女弟子對著豹〉（Bacchante à la panthère），油

彩、畫布，一八六〇。

64. 原文「faire joujou」為嬰兒用語，故譯為「玩耍耍」。

65.（作者原注）大仲馬，《三劍客》。

66. 法國、盧森堡、德國等地傳說中的女妖精，形像為半人半蛇或半人半魚，某些敘事中擁有蝙蝠般的翅膀。

67. 一八五八—一九二一，比利時畫家、版畫家、素描家、攝影家，象徵主義巨匠。

68. 一八八二—一九五三，法國東方主義畫家、插畫家、郵票設計家，後入籍英國。

69. 一八四〇—一九二〇，英國畫家，屬於學院派、寫實派，許多畫作以動物為主題。

70. 十九、二十世紀之交的國際藝術運動，以曲線之美為美學特色，動物、昆蟲、花卉、草木等常為裝飾主題。大師輩出，有安東尼·高第（Antoni

Gaudi）、阿爾豐斯・慕夏（Alphonse Maria Mucha）、古斯塔夫・克林姆（Gustav Klimt）等。

71. 保羅・茹夫（Paul Jouve，一八七八—一九七三）與其父奧古斯特・茹夫（Auguste Jouve，一八五四—一九三六）皆為法國藝術家，亦皆畫過豹。唯兒子保羅以動物主題的創作聞名，曾為吉卜林的《叢林奇譚》繪製插圖，此處的「茹夫」應指他。

72. 一八八八—一九七六，法國作家、外交官、法蘭西學術院院士。

73. 一八八四—一九一六，義大利雕塑家，擅長動物主題。其兄為法國超跑品牌布加迪的創辦人。

74. 一八九四—一九六七，法國雕塑家，擅長以青銅媒材表現動物主題。

75. 法國東南部城鎮，意譯為「帕拉瓦斯浪濤」，為著名度假勝地、海水浴場。

76. （作者原注）彼得・馬修森，《雪豹：一個自然學家的性靈探索之路》。

77. 或譯「再現」，即抓住目標事物的精髓，以媒材重新展現出來。此處應是指雪豹的毛皮圖樣及其精神濃縮，表現了繁多物象的精華。

78. （作者原注）Martin Heidegger, *Remarques sur Art-Sculpture-Espace*.

79. 又稱「場線」，如磁力線、電場線等。

80. 此處或用天主教感恩（聖體）聖事的典故：天主教認為，經過祝聖的餅與酒會質變為基督的肉與血。見第二部譯注13。

81. Diego Vélasquez，一五九九—一六六〇，西班牙藝壇代表人物、巴洛克藝術大家，影響了哥雅、馬內、畢卡索、達利等後進。

82. 賣方在廣告中對消費者做出的物質利益的保證，如產品效能、價格、軟硬體設施等。

83. 芬蘭最北部的行政區，大部分地域位於北極圈內。一說為耶誕老人的家鄉。

84. 卡累利阿人居住的區域，橫跨芬蘭與俄羅斯。

85. 一九三九年，蘇聯入侵芬蘭，冬季戰爭（guerre d'Hiver）爆發。芬蘭人以少敵多，堅持了一百餘日，直至一九四〇年《莫斯科和平協定》簽訂。

86. 不只「活了下來」，更享耆壽九十六歲，一九〇五—二〇〇二。

87. 典出梅爾維爾著作《白鯨記》（*Moby-Dick*）。

88. 原文為Mahométan，是「穆斯林」的古老同義詞，茲譯為「回教徒」。

89. 莫比敵即Moby-Dick，乃《白鯨記》中，主角隨著一腔復仇鮮血的亞哈船長出航追尋的白鯨。

90. 一八六四—一九一〇，法國作家、劇作家，作品以小說、戲劇為主，另有日記出版。

91. 一種教學法，此指荷納爾的寫作有實物教學之風。一九一一年出版的《教學法暨初等教育新辭典》（*Nouveau dictionnaire de pédagogie et d'instruction primaire*）提出其三個定義：「實物教學是對學生展示實物，以使學生獲得抽象知識；實物教學是讓學生以五感觀察實物，即感官教育；實物教學是讓學生掌握自然或產業產生之物、事實、現實的教育。」http://www.inrp.fr/edition-electronique/lodel/dictionnaire-ferdinand-buisson/document.php?id=3034

92. 法國大東部大區佛日省首府。

93. 二〇一四年五月六、七日之交，作者的母親，瑪席—克勞德·戴松—米耶博士，因肺栓塞猝逝。

94. 一種希臘國酒，屬於葡萄酒中的紅酒或粉紅酒，擁有兩千年悠久歷史。

95. 一九四七年由卡提耶·布列松等人創立的攝影合作社，旗下有眾多國際級攝影師，享譽全球。

96. 即耶穌。

97. 尚·拉辛（Jean Racine，一六三九—一六九九），法國劇作家、詩人，法國古典戲劇三傑之一。悲劇、喜劇兼作，而以悲劇揚名。

98. 拉辛創作的同名五幕歷史悲劇《蓓黑倪絲》中的巴勒斯坦女王。

99. 原文為Dehors montait la rumeur d'une mastication.，或亦可解為「外頭，嘈雜的咀嚼聲響起」。如此則指犛牛的咀嚼聲。唯考量文法（mastication為單數，若要響起咀嚼聲，應不只一次咀嚼）與詩意，茲仍譯為「外頭，關於一場咀嚼的流言紛起」。如此則可能指涉雪豹之獵食。

100. 出自《追憶逝水年華》第二卷〈斯萬之戀〉。此處描繪的是斯萬的心思：他想見到奧黛特，但又想維持矜雅瀟灑，於是打主意打到某一位朋友頭上，意欲藉造訪該友位於奧黛特所在地附近別墅的名義，「巧遇」奧黛特。

101. 又譯勒阿弗爾、利哈佛，為法國第二大港，位於法國西北部、塞納河河口右岸，隔英吉利海峽與英國遙遙相對。

102. 法國東南部市鎮，濱地中海。

103. 一八八四—一九六八，法國作家。

104. 原文誤為*Le ciel par la fenêtre*。

105. 又稱五色竹籤、挑竹籤等，是一種考驗心靈手巧的遊戲。玩法是讓一堆兩端削尖的竹籤自然傾倒交疊，然後玩家輪流抽取竹籤，若抽取過程中沒有動到其他竹籤則可繼續抽，若動到則輪下一位抽。抽完時，依竹籤顏色代表的不同等級累計算分，積分最多者勝。

106. 《教育大辭書》：「近代哲學所稱的公設是既非直接明顯、又不能證明、但卻非接受不可的命題」。http://terms.naer.edu.tw/detail/1302758/?index=5

107. 又譯深泓線、河谷線、最深谷底線。

108. 四足動物的脖頸與背的交接處。該處有胸椎形成的隆突。

109. 法國普羅旺斯─阿爾卑斯─蔚藍海岸大區（Provence-Alpes-Côte d'Azur）一省，位於法國本土東南角，首府為尼斯。

110. 位於法國本土中央偏北，以首都巴黎為核心，是法國人口最多、最密集的大區。

111. 地景生態學名詞，指一塊同質性地景的主要元素。

112. 天主教修會之一，為自本篤會獨立而出的改革派，創立於一〇九八年的法國熙篤（Cîteaux），清苦禁欲，重視勞動。

113. 林俊全，《九九峰自然保留區地質地形》：「有時候含在黏土或粉砂孔隙中的水分可以直接因暴露在空氣中被蒸發消失，稱為乾化作用。」

114. 此乃引用《道德經》第十章的句子：「為而不恃。」同句亦見於第五十一章。《道德經》第十章全文：「載營魄抱一，能無離乎？專氣致柔，能嬰兒乎？滌除玄覽，能無疵乎？愛民治國，能無知乎？天門開闔，能為雌乎？明白四達，能無知乎？生之、畜之，生而不有，為而不恃，長而不宰，是謂玄德。」

115. 一種大型武裝帆船，風行於十六至十八世紀的歐洲殖民國家，有貿易與軍事兩種用途。

116. 駕駛與發號施令的地方，為全船的重心。

117. （作者原注）Ylipe, *Textes sans paroles*.

118. 一八九三—一九四五，法國作家。

119. 作者熱愛徒手攀登，攀過巴黎聖母院等無數建築。二〇一四年八月二十日，作者慶祝新書交稿；當日夜間，為了給友人——龔固爾文學獎得主、法蘭西學術院院士尚·克里斯朵夫·胡方（Jean-Christophe Rufin）一個驚喜，他徒手攀登胡方的別墅，欲從陽臺現身，不慎失足墜落十餘公尺，頭部外傷嚴重、命懸一線，留下了面部癱瘓、聽力喪失等後遺症。

120. 指一神教在歐洲興起前，主要為多神教的諸信仰，包括古希臘宗教等。

121. 見第三部譯注42。

122. 原文為「Non, perdue」，亦可譯為「沒有，牠走了。」或是「沒有，追丟了。」唯此對話為本段收束，有意在言外之功，兼之理奧頗富哲學味，茲譯為「沒有。失去了。」

123. 基督信仰相傳聖母瑪利亞曾陪伴耶穌來到西頓，在一座山頭等待他，並在一座日後成為聖地的洞窟過夜。

124.（作者原注）Gérard de Nerval, *Aurélia.*

125. 印度教神祇，為毗溼奴的化身。《薄伽梵歌》中，他與史詩《摩訶婆羅多》的一位英雄阿周那（Arjuna）對話，授予其智慧。

126. 賽博格（cyborg）指嫁接了機械或電子裝置以維持或增強能力的人類或其他有智慧的生物。

127. 法國鐵路員工於二〇一八年四月展開了長達數月的大罷工，反對政府對法國國家鐵路公司（SNCF）的改革。

128.「某某主義是一種某某主義」的句式可能源於沙特闡述存在主義的哲學著作——《存在主義是一種人文主義》（*L'existentialisme est un humanisme*）。

129.《奇愛博士》（Dr. Strangelove or: How I Learned to Stop Worrying and Love the Bomb）為一九六四年出品的政治諷刺黑色喜劇，同名角色奇愛博士是美國總統的科學顧問，一位出身納粹、並持續懷念納粹的怪誕科學家。

130. 後人類主義（post-humanisme）是二十世紀末崛起的思潮，旨在處理科技深度介入人類之後，科技與人類的關係變化及其危機；以此觀察出發，遂生不同的後人類主義流派。

131. 海膽渾身是刺，活在海膽上意指如坐針氈、坐立不安。此非法文成語，乃作者匠心之喻，茲直譯並以譯注說明。

132. 原文為 décrocher les lunes，脫胎於法文俗語 Décrocher la lune，直譯為「摘月」，指達成不可能的事；又作者用複數，故此譯為「一樣樣鏡花水月」。全句譯為「胡思亂夢著達成追星摘月之功」亦可。

133. 此詞為海德格哲學理論中 gestell 一詞的法文翻譯。

134. （作者原注）Nietzsche, *Crépuscule des Idoles*.

135. 《信經》是總結基督信仰的信仰告白。天主教特別重視《宗徒信經》與《尼西亞．君士坦丁堡信經》（又名《尼西亞信經》）。此處應是作者的戲仿：屬於他們洞窟的《信經》。

136. 巴斯卡的賭注（pari de Pascal）是巴斯卡於《沉思錄》中提出的哲學論

點，意圖論證：無論上帝存在與否，理性上，人應該信上帝。因為若上帝不存在，信或不信是一樣的；上帝若存在，不信的人會損失慘重（無緣天堂、恐下地獄）。該論點引發了諸多迴響與批評。

137. 尚・紀沃諾（Jean Giono），一八九五－一九七〇，法國作家。作品多以普羅旺斯鄉村為背景，書寫自然與人。作品豐繁，涵括長篇小說、短篇小說、隨筆、詩、戲劇、書信等文類，有《屋頂上的騎兵》、《種樹的男人》等名作。

138. 亞茲迪人信奉亞茲迪教，亞茲迪教是古老的中東一神教，漫長的歷史中飽受迫害。

139. 法國布列塔尼的古老山脈，地景以石楠荒原與岩石為主，似愛爾蘭、英國威爾斯。

140. 布列塔尼神話中的死亡使者，任務是搜集亡者的靈魂。

141. 湄公河越南河段的名稱。湄公河在越南南境分為九個河口入海，故稱九龍江。

142. 德國西南部地近法德邊境的城市，位於黑森林中，以溫泉療養、羅馬遺跡、各式節慶娛樂名聞於世。

143. 法國法蘭西島大區一省，位於法國本土中央偏北。

144. 又譯「三一七分隊」，典出法國作家皮耶・肖恩多夫（Pierre Schoendoerffer）的同名小說及電影。《三一七排》描述第一次印度支那戰爭（guerre d'Indochine）中，一支由四名法國人與四十一名寮國人組成的小部隊——三一七排的故事。

145. 印度教的美麗天仙，不只一位。

146. 中國以南、印度以東的亞洲半島，包含越南、柬埔寨、寮國、緬甸、泰國、馬來西亞、新加坡等國，亦譯「中南半島」。

147. 法國作家瑪格麗特・莒哈絲（Marguerite Duras，一九一四—一九九六）以其童年、少年時代在法屬印度支那的經歷為靈感，撰成《情人》等名作。

148. 非洲東端「非洲之角」一個地區，橫跨現今的厄利垂亞、蘇丹、衣索比亞三國。

149. 又名「雪猴」。此種獼猴有泡溫泉取暖的習性，故作者稱木尼葉泡溫泉是在「扮演日本獼猴」。

150. 希臘文中指稱「生命」的兩個字之一。另一個是zoé。

151. 笛卡兒主義將理性視為通往普世知識之鑰，重視演繹推理。

152. 尚・德・拉封丹（Jean de La Fontaine，一六二一－一六九五），法國古典主義詩人、劇作家、小說家、寓言家、法蘭西學術院院士，著有《拉封丹寓言》等名作。

153. 釋迦牟尼為釋迦族王子，生於藍毗尼花園，後又在鹿野苑、祇樹給孤獨園等地說法，故稱「花園的王子」。

154. 此或引用希臘神話裡普羅米修斯的典故。普羅米修斯盜取奧林帕斯山的聖火贈予人類。

155. 原文為Parfois, on tenait encore un brillant devant soi.，直譯可為「有時，我們仍然會在眼前擁有一顆明亮型切割（brillant，一種鑽石切割法）的美鑽。」或為「有時，我們仍然擁有一個在面前光芒璀璨的奇珍。」茲綜合二譯。

156. （作者原注）維克多・雨果，《懲罰集》（*Les Châtiments*）。

157. 一九二八－一九八二，美國小說家、隨筆家，以後現代主義的科幻、奇幻創作聞名。

158. 讓人能窺知另一側情形的門上小孔，即「貓眼」。

159. 一七五七－一八二七，英國浪漫主義詩人、藝術家。

160. 一九一四－一九八〇，法國作家、編劇、導演、外交官、飛行員、二戰時法國抵抗運動鬥士，兩度獲頒龔固爾文學獎。《天之根》描述一名法國人赴非洲投身保育象群，與各方意念、勢力彼此競合交織。

161. 「鬧劇裡的火雞」（dindon de la farce）是法國成語，意指受騙上當的人。

162. 共產主義的象徵是鎚子與鐮刀，此處作者改成「鎚子與演算法」。

國家圖書館出版品預行編目(CIP)資料

在雪豹峽谷中等待：這世界需要蹲點靜候，我去青藏高原拍雪豹/席爾凡・戴松著；林佑軒譯. -- 初版. -- 新北市：木馬文化事業股份有限公司出版：遠足文化事業股份有限公司發行, 2021.03
256面；14.8 × 21公分
譯自：La panthère des neiges.

ISBN 978-986-359-860-2 (平裝). --

876.6 109021290

在雪豹峽谷中等待
這世界需要蹲點靜候，我去青藏高原拍雪豹
La panthère des neiges

作　　者　席爾凡・戴松（Sylvain Tesson）
譯　　者　林佑軒
社　　長　陳蕙慧
副總編輯　戴偉傑
責任編輯　戴偉傑
特約編輯　周奕君
行銷企畫　陳雅雯、尹子麟、黃毓純
封面設計　兒日設計
內頁排版　極翔企業有限公司
集團社長　郭重興
發行人兼出版總監　曾大福
印　　務　黃禮賢、李孟儒
出　　版　木馬文化事業股份有限公司
發　　行　遠足文化事業股份有限公司
地　　址　231新北市新店區民權路108之4號8樓
電　　話　02-2218-1417　傳　真　02-8667-1065
Email　service@bookrep.com.tw
郵撥帳號　19588272 木馬文化事業股份有限公司
法律顧問　華陽國際專利商標事務所　蘇文生律師
印　　刷　前進彩藝有限公司
初　　版　2021年3月
定　　價　新臺幣360元
ISBN 978-986-359-860-2